내 꿈은 신간 읽는 책방 할머니

내 꿈은 신간 읽는 책방 할머니

임후남 산문집

목차

1부

2부

3부

1부

#1 '책방에 들어서면 나는 소년이 된다'

어느 날, 한 중년의 사내가 무작정 찾아왔다. 시를 쓰고 싶다고. 밥벌이를 잠시 멈춘 그는 영화 '시'에서 할머니가 쓴 것 같은 아름다운 시를 한번 써보고 싶다고 했다. 더듬거리며, 때때로 멈추며 말하는 그의 모습을 보면서 나도 그와 함께 더듬거리고 말을 멈췄다. 남들보다 이르고 늦음의 차이야 있지만, 그 열망의 순간은 나이와 아무 상관이 없는 것을 알기 때문이었다.

그러나 그 열망을 찾아 떠나는 것은 용기가 필요한 일이다. 특히나 밥벌이와 무관한 글을, 시를 쓰겠다는 사람인데 그 앞에서 가슴이 떨리지 않을 수 없는 일.

그는 매주 저녁 한 시간 남짓 걸리는 시골책방으로 왔다. 글을 써본 적이 없다는데, 글이 참 좋았다. 단정하고 절제된 글에서 그의 마음을 그대로 읽혀졌다. 그가 '어머니의 편지'란 글을 담담하게 읽어내려갈 때 나는 그만 눈물보가 터지고 말았다. 내가 눈물을 흘리자 오히려 그가 당황했다.

그동안에도 나는 다른 이의 글을 읽으며 종종 눈물을 흘리곤 했다. 무능해서 싫어했던 아버지의 뒷모습을 그린 딸의 이야기에서도, 갯벌에서 당신의 삶을 파내듯 조개를 캐는 어머니를 그린 이야기에서도, 수의를 차려입은 아버지가 나비가 되어 날아가는 이야기에서도, 그 외 수많은 글을 읽다 마음을 훅 치고 들어오는 글귀를 만나면 나는 곧잘 눈가를 훔쳤다.

그가 말했다. 글감을 찾다 어머니의 편지를 발견하고 어머니를 생각하면서 감성에 매몰됐었다고. 그러나 편린을 그러모아 한 편의 글로 완성하면서는 최대한 이성적으로 쓰려고 지우고 또 지웠다고. 그러니 그 글이 독자를 울릴 밖에. 그는 다른 글에서 이렇게 말했다.

'생각을담는집만 들어오면 나는 소년이 되어버린다.'

나는 그 문구 앞에서 얼굴이 발개졌다.

한 중년 사내가 책방에서 소년이 된다. 그동안 세상의 거센 바람 덕분에 거칠 대로 거칠어져 나무껍질 같았던 마음이 맨살을 드러낸다. 아직 자라지 않은 소년의 가슴은 일렁댄다. 그 보드라운 가슴으로 들어앉는 것들은 이제껏과는 다른 것들일 테고, 그 물결이 어떤 무늬를 그려낼지 그 자신도 모른다.

그러고 보니 에세이 창작 수업을 하는 이들이 모두 소년 소녀였다. 뿐 아니라 독서 모임을 하는 이들도, 책방에 와서 책 한 권을 사 가는 할아버지도, 혼자 커피 한 잔을 시켜놓고 한없이 창밖 나무를 보던 할머니도 모두 소년 소녀였다. 엄마, 아빠, 할머니, 할아버지 같은 세상에서 나를 밝히는 이름으로 불리기 전의 나. 그냥 나인 순간. 들뜬 눈으로 세상을 바라보며 나를 만들어가는, 아직 뭐가 될지 모르는 저 소년 소녀들. 아, 나도 소녀가 될 밖에.

이제 소녀는 세상 변두리에서 몸을 비벼대는 대신, 겨울 땅에서 움트는 새순을 찾느라고 눈을 비벼댄다. 세상의 중심에 서 있는 사람들을 바라보며 몸을 배배 꼬는 대신, 이젠 읽고 싶은 책들이 펼쳐진 책방에서 몸을 꼰다.

오늘은 어떤 구름이 다녀가나, 고개를 들어 하늘을 본다.

소년소녀들이 찾아오지 않았다면 태어나지 못했을 소녀가, 용기를 내 시골책방을 무작정 차린 저 소녀가 지금은 참 사랑스럽다. 이제야 나는 나로 살아가는 중이다.

#2 책방과 아이들

한 아이가 지갑에서 동전을 쏟았다. 한 아이가 천 원짜리 한 장을 내고, 다른 아이가 석 장을 냈다. 처음엔 오백 원짜리 동전 몇 개, 백 원짜리 몇 개 더하기를 했다. 그러다 계산이 안 됐다. 아이들이나 나나 더하기로는 돈이 얼마인지 계산할 수 없었다.

결국 백 원, 이백 원, 하나씩 셌다. 합하니 일만팔백 원.

아이가 물었다.

"만팔백 원짜리 책이 어떤 거예요?"

만팔백 원짜리 책을 고르는 것은 불가능한 일. 나는 책값은 책 뒤에 있다고 말했다. 이 책 저 책 뒤집어서 가격을 보다 한 아이가 말했다.

"이것들은 구천구백 원이야!"

한 아이가 구천구백 원짜리 책을 보더니 고개를 내저었다. 성인용 책이었다. 책값을 깎아줄 수도 있는 일이었다. 그러나 그래서는 안 될 것 같았다. 책은 정가를 주고 사야 한다는 걸 아이들도 알아야 한다.

"노트는 얼마예요?"

고개를 내젓던 아이가 수제노트를 가리키며 물었다. 연필 포함 5천원에 팔던 것이었다.

"삼천 원!"

내가 큰 소리로 말하자 아이의 얼굴이 환해졌다.

"얘들아, 노트 골라. 내가 사줄게."

동전을 쏟았던 아이였다. 아이들은 각자 좋아하는 색의 노트를 골랐다.

"네가 쏘는 거야?"

"네!"

나는 엽서 세트도 주고, 컵받침도 한 개씩 챙겨줬다.

한 아이가 말했다.

"너무 많이 챙겨주셔서 감사합니다. 다음에 시간 내서 또 올게요. 야, 너 다음에 올 때 나 꼭 데리고 와, 알았지?"

얼마 전 혼자 왔던 아이가 데리고 온 동네 아이들이었다. 수요일마다 오겠다 했던 그 아이는 자기가 마치 대장이라도 된 듯 어깨를 쭉 폈다.

두 아이들 집은 걸어갈 수 있는 거리가 아니다. 일단 먼저 왔던 아이의 집으로 갔다 그곳에서 부모들이 데리러 오거나 데려다준다 했다.

1시간 남짓 책방에 있는 동안 아이들은 책을 보다, 소곤소곤 이야기하다, 멍하니 창밖을 보곤 했다.

아이들을 배웅하고 한동안 길에 서 있었다. 저 길을 따라 걸어오는 사람도 드물고, 아이는 더더욱 드문 길. 저 길을 오가며 성장할 아이의 모습을 잠깐 생각하다 혼자 좋아서 웃었다. 저 아이들을 위해 책방 말고 도서관을 해야 하나.

그런데 친구들에게 노트를 소위 '쏜' 아이는 쏜 것이 맞나? 웃음이 터졌다. 아마도 아이들도 모를 것이다. 친구들에게 노트를 쏜 아이는 선물해서 좋다 할 것이고, 제 돈 내고 산 아이는 친구가 사줬다고 좋아할 것이고, 제 돈 조금만 내고 산 아이 역시 선물 받아 좋아할 것이기 때문에. 그 작은 노트에 그들 각자가 쓸 이야기가 궁금하다.

#3 사소한 용기

사는 일에는 때때로 용기가 필요하다. 큰일은 당연하지만, 사소한 일에도 사실 결단과 용기가 필요하다. 며칠 전 한 남성이 글쓰기 수업 관련, 전화로 하고 바로 찾아왔다. 몇 가지 이야기를 나눈 끝에 나는 그에게 얼마나 큰 용기를 냈느냐는 말을 했다. 그러고 보니 현재 글쓰기 수업에 오는 사람들, 독서모임에 오는 사람들 모두 용기를 냈겠구나 싶었다. 더욱이 이곳은 그야말로 시골에 있는 책방. 강사가 유명한 것도 아니고. 대체 어떻게들 왔을까. 정작 나는 누가 올까 싶었는데.

그런데 누군가인 그들 한 사람 한 사람은 찾아와 함께했고, 함께하는 중이다. 그리고 함께하는 이들끼리 서로 인연을 맺는다. 처음엔 낯설었던 이곳이 익숙해지고, 낯설었던 이들과 속내를 털어놓는 친구가 된다. 그러면서 새로운 세상으로 나아간다. 아무래도 여성이 많지만 남성도 있고, 나이도 다양하다.

독서와 글쓰기를 시작하는 일은 당장은 인생을 바꿀 만한 큰일은 아니다. 그러나 시간이 흐를수록 인생을 바꾸는 것이 독서와 글쓰기라고 나는 믿는다.

그들은 확실히 변한다. 책을 읽으면서, 글쓰기를 하면서 그들이 변화되는 것을 나는 지켜본다. 스스로도 변화된 자신을 느낀다. 아픈 마음을 치유하고, 자아정체성을 확보한다. 다리를 굳건히 하고, 흔들릴 때마다 다시 중심을 잡는 힘을 갖는 것이다. 그 시작은 용기를 낸 것에 있다.

며칠 전 글쓰기를 위해 찾아왔던 이에게 이렇게 말했다.

"꼭 여기가 아니더라도, 맞는 곳을 찾아서 하세요."

(정말 이상한 곳이 아니라면) 나와 맞는 곳이 가장 좋기 때문이다. 정서적으로 맞는 사람들, 함께함으로써 내가 배울 수 있는 사람들이 있는 곳이라면 최고 아닌가. 사소한 것들이 모여 인생을 만들듯, 사소한 용기가 인생을 바꾼다.

#4 함께 나누는 사람들

언제부터였을까.

독서모임을 함께하는 이들과 에세이 수업을 함께하는 이들이 가끔씩 음식을 갖고 와 나눈다. 어떤 모임이든 뒤풀이라는 걸 하게 마련인데, 책방을 지키는 내가 나가지 못하기 때문에 시작된 것 같다. 나무 아래 앉아 음식을 나누고, 때로는 모닥불을 피우고 음식을 나눈다. 이게 맛있네, 저게 맛있네. 이것도 먹어봐, 저것도 먹어봐. 다들 환하다.

밥 한 끼를 나누면 식구가 된다. 그래서 나는 밥 먹는 걸 좀 소중하게 생각한다. 작가 반수연·이경란 북토크 후에도 음식을 나눴다. 누구는 김밥을 싸고, 누구는 호박죽을 끓이고, 샐러드를 만들고, 오뎅국을 끓이고, 묵은지쌈밥을 하고, 케이크를 굽고, 잡채를 하고, 고구마와 계란을 쪄오고, 과일을 깎아오고, 샌드위치를 갖고 오고…….

남편 출근 시키고, 아이 학교 챙겨 보내기에도 분주한 아침. 독서모임에 오는 것만으로도 빠듯할 텐데 모두들 바리바리 싸 왔다. 비가 오지 않았다면 밖에서 곱게 물든 단풍을 바라보며 나눴을 텐데 안타깝게도 비가 왔다. 실내에서 음식을 나누는 사람들의 웃음이 꽃처럼 피어났다.

나는 모임을 그다지 좋아하는 편이 아니다. 늘 외곽으로만 돌며 산 탓인지 모른다. 책방이니 독서모임을 하면 좋다는 말을 할 때도 할 생각을 하지 않았다. 책방 운영에 도움이 좀 될까 싶어 하는수없이 시작한 게 독서모임이었다.

처음에는 두세 명. 독서모임을 해본 적도 없는 나로서는 대체 이들과 어떤 대화를 할까 싶었다. 그냥 읽은 책을 친구와 이야기하는 정도로 생각하며 시작했다.

독서모임은 매주 월요일 오전 10시30분이면 언제나 시작된다. 코로나로 사람이 없어 부득이 없앴던 저녁 모임도 다시 시작했다. 저녁 7시 30분 퇴근 후 컴컴한 밤길을 운전해

온 이들과 함께한다. 책을 이야기할 때 사람들의 눈은 빛난다. 어디에 가서 내가 읽은 책을 이처럼 편하게 이야기할 수 있을까.

에세이 창작 수업도 마찬가지다. 누굴 가르치겠나 싶어 고민하다 역시 책방 운영을 위해 시작했다. 누가 올까 싶었는데 누군가 왔다. 그들의 글을 보며 함께 웃고 울면서 성장하는 것은 나였다.

잘 쓰고 못 쓰고는 중요하지 않다. 읽고 쓰는 지금의 나, 그것으로 충분하다. 오늘 읽고, 오늘 쓰는 일. 그럼 내일은 다른 내가 있다. 오늘 하루를 사는 것으로 충분하다.

언젠가 한 친구가 말했다.

내가 정신이 오락가락 할머니가 되어 독서모임인지 에세이 수업인지 헷갈릴 때, 독서모임에서 어떤 책을 하는지 몰라 엉뚱한 책을 말할 때, 위층에서 책방으로 내려오지 못해 쩔쩔맬 때 오늘은 독서모임이고요, 오늘 책은 뭐뭐고요, 절 붙들고 내려가세요, 라고 말해주겠다고.

…….

함께 밥을 먹으면 식구가 된다. 한 상에 둘러앉아 밥을 먹던 어린 시절의 식구들은 제각각 흩어졌다. 밥 한 끼를 함께 나누고 싶어 밥상을 차린 적도 많았다. 한 시절의 사람들이 꿈처럼 지나갔다. 오늘 밥상이 소중한 이유다.

#5 책방은 섬

나는 점으로 있다.

누군가와 만나 선으로 이어진다.

점은 선을 낳고, 선은 또 다른 선을 낳는다.

다른 점을 만나 선으로 이어지는 것은 우연이다.

동서남북 이곳저곳을 돌다 이곳에 자리를 잡고

책방이라는 걸 차린 건 우연이다.

연속된 우연들, 그리고 결정들이 지금이다.

책방은 하나의 섬이다.

이곳을 찾아오는 사람들은 각각의 점이다.

그들과 잠깐 우연히 선으로 이어진다.

날이 제법 춥다.
빈 가지를 늘어뜨린 나무를 본다.
나무의 뿌리는 어디로 뻗어가고 있을까.
나뭇가지는 때때로 사람의 손을 타거나,
비바람에 부러지기도 한다.
뿌리는 저 혼자 깊이, 그리고 넓게 스스로 뻗어나간다.
겨울 하늘도 텅 비었다.

#6 “사는 게 재밌어요”

책을 잘 읽는 건 아닌데요, 그냥 책을 읽어요. 일종의 활자중독 같아요. 어렸을 때부터 그냥 막 읽었어요. 그렇다고 뭘 쓰고 하는 건 아니에요. 그냥 읽을 뿐이지요.

작가님 책을 라디오에서 강석우 선생님께서 읽는 것을 들었어요. 그래서 어딘가 찾아보고 블로그도 계속해서 보고 있지요.

한 2년 동안 집에 있는 물건 팔면서 살아봤어요. 없어도 살아지더라고요. 있으면 있는 대로 없으면 없는 대로 사는 것 같아요. 전기밥솥도 없이 냄비에 밥을 해서 먹어요. 전자렌지도 없이 살았어요. 근데 다 살아지더라고요.

그럴 때도 책은 읽었어요. 그러면 힘든 것을 잊을 수 있어요. 모르겠어요. 그냥 무조건 읽어요. 읽는 게 좋으니까요.

잘 살아보기도 했고 못 살아보기도 했는데 재밌어요, 사는 것은.

대기업 공장 짓는 데서 청소 일을 했어요. 새벽에 나가서 일했는데, 그렇게 열심히 하면 한 오백은 벌어야 된다고 생각하는데 그만큼 벌 수가 없더군요. 그래도 아무튼 일해요.

그런데 그런 큰 기업에서 청소하는 사람들은, 노동자들은 사람도 아니더군요. 건물 안의 화장실도 못 써요. 위에서 일하다가도 화장실을 가려면 아래에 있는 간이화장실까지 가야 하죠. 거기 회사 직원이 아니니까요.

간이화장실에는 수도가 없어요. 청소를 하려면 물과 걸레만으로 하는 것이 아니라 약품으로도 해야 하는데 화장실에 수도가 없으니 손을 씻을 수 없지요. 청소하는 사람 중에서도 조금 높은 사람이 있어요. 그 사람한테 잘 보이면 건물 화장실을 쓸 수 있게 해줘요. 그러면 손을 씻을 수 있죠. 그 사람한테 잘 보이려고 반찬도 갖다 주고 그랬어요.

높은 사람이 오면 우리는 다 숨어야 해요. 마치 바퀴벌레가 숨듯이 일사분란하게 어디론가 숨어버리죠. 한여름에 얼마나 더워요. 안전모 쓰고, 안전복 입고, 안전화까지 신었으니 가만 있어도 땀이 비 오듯 하죠. 그런데도 건물 밖이나 건물 안이나 높은 사람 눈에 보이지 않도록 다 숨어야 해요.

주말에 일하는 것도 윗사람한테 잘 보여야 해요. 주말에는 돈을 더 많이 받거든요. 제가 일도 잘해서 청소 일하다 엘리베이터 안내원으로 가기도 했는 걸요.

재밌어요, 사는 게. 새벽에 나가서 봉고차를 타고 가다 보면 옛날 내가 살던 높은 아파트를 지나가는데 저기 살면서 일하면 버스 타고 다닐 수 있겠다 생각해요.

아니, 왜 우세요. 저 그렇게까지 망하지 않았어요. 괜찮아요. 얼마나 열심히 사는데요. 새벽에 일하러 나가서 보면 다 열심히 살아요. 청소 일도 재밌어요. 지금 다른 일도 많이 해요.

김진영 선생님 글이 좋더라고요. 『아침의 피아노』를 정말 잘 읽었거든요. 『상처로 숨쉬는 법』은 어떨까 모르겠네요. 아도르노 강의라. 그냥 읽으면 읽혀지겠지요. 근데 아도르노는 누구래요?

그의 말이 폭포수처럼 쏟아졌다. 커다란 웃음소리가 책방 안에 가득했다. 그가 머문 시간은 불과 20여 분 남짓. 그가 가고 난 후 나는 바닥에 흥건한 그의 이야기들을 주워서 오래 말렸다.

#7 세상천지에 이곳만 봄이라고

마음이 복잡해서 책이 잘 들어오지 않을 때가 있습니다.
그럴 때 우연히 작가님 책을 만났습니다.
지금 있는 서산 풍경이랑 어울리는 평온한 글입니다.
글자마다 위로의 기운이 가득하여
저도 괜찮아지고 있습니다. 서산에서 허*희

밖에 나가 일 이야기를 나누면서 조금 마음에 걸린 말을 들었다. 하지 말아도 될 말을 굳이 하는 사람에게 그만하라 할 수도 없고, 나 역시 나름 예의를 차려야 하는 입장이라 그럴 수도 있지요, 라고 대꾸했지만 속이 좁다 보니 상대의 말이 그만 가슴에 박혔다.

책방에 들어오니 우편물 속에 엽서가 한 장 있었다. 정갈한 서체가 먼저 눈에 들어왔다. 엽서를 읽는데 마음에 박힌 가시가 스르륵 풀렸다.

이곳에 들어와서 책방과 카페 문을 열었을 때 당연히 아무도 오지 않았다. 광고는커녕 간판도 없는데 누가 온다는 게 오히려 이상한 노릇이었다. 어느 날 간판도 작게 달고, 지역 신문에서 찾아왔다. 이런저런 공모사업에 운좋게 되었고, 작가 초대등 행사를 진행하면서 사람들이 조금씩 왔다.

처음 손님을 맞이하는 것이 어색했다. 어서오세요, 라고 하지 못하고 어떻게 오셨어요, 라고 했었던 기억이 난다. 책방과 카페는 장사다. 상냥하게, 손님의 니즈를 맞춰야 한다. 그러나 모든 손님의 니즈를 맞출 수는 없는 일이다. 특히나 책방은.

손님 역시 마찬가지다. 누군가는 이곳을 만나 마음에 두고, 누군가는 이곳을 바람처럼 잊는다. 나 역시 그렇다. 누군가와는 만나고, 누군가와는 바람처럼 잊는다. 인연이 닿아야 하고, 인연이 닿기 위해서는 서로 만나는 지점이 있어야 한다.

낯선 시골마을에 들어와 책방이랍시고 차려놓고 커피도 좀 팔고 있다. 간간이 이곳을 통해 쉼과 위로를 받고 앞으로 나아가는 사람들이 있다. 그러면 충분하다.

땅에서 쑥쑥 솟는 새순을 바라보고, 단단한 나무를 뚫고 터져나오는 새순을 바라본다. 그리고는 마치 세상 천지에 이곳만 봄인 것처럼, 처음 봄을 맞이하는 것처럼 호들갑을 떤다. 그러나 오늘 아침의 봄은 다시 오지 못할 봄. 어떻게 호들갑스럽지 않을 수 있을까.

오늘도 책방 문을 열었다. 나의 호들갑을 알아차리는 이가 있을까, 설렌다.

#8 버려진 책 표지

오후, 젊은 남녀 두 명이 들어왔다. 옷차림새가 좋았다. 요즘 유행하는 통 넓은, 그러면서 복숭아뼈쯤 길이의 짧은 바지. 두 분 다 스타일이 좋아요, 라고 나는 말했다.

그들은 각각 한 권의 책을 구입했다. 체코 작가 보후밀 흐라발의 『너무 시끄러운 고독』, 그리고 일본 작가 사쿠라 히로의 『탱고 인 더 다크』.

한 사람은 안에서, 한 사람은 밖에서 각자 책을 읽었다. 그러다 밖에 있던 남성이 들어와 함께 마주보고 앉아 책을 읽었다. 나는 그들을 가끔 보며 크리스티앙 보뱅의 『그리움의 정원에서』를 읽었다.

사랑을 잃고 사랑을 쓰는 글. 포레의 레퀴엠에 관한 글이 나와 시디를 찾아 걸었다.

책방에는 책 읽는 우리 셋과 포레의 레퀴엠만 가득했다.

5시 넘어 그들이 일어났다. 책을 다 읽은 나는 그들에게 다가가 슬쩍 물었다.

“어떻게 두 분이 그렇게 책만 읽다 가셔요?”

젊은 남성이 말했다.

“책 한 권씩 읽고 가자고 했거든요.”

그들이 가고 난 후 음료를 치우려고 보니 쟁반에 책 커버가 놓여 있었다. 두 권 다 양장본이었다. 책 커버를 쓰레기통에 쓱 넣을 수가 없었다. 띠지도 아니고 책 커버를 버리고 간 이유가 무엇일까. 떠난 그들에게 물어볼 수도 없는 일.

책 알맹이만 가져간 그들이 낯설지만 조금 멋진 느낌이 들었다. 디자이너와 편집자들에겐 미안한 일이지만. 그래도 이 표지를 버려야 하다니, 특히나 진한 초록색 바탕의 그림이 상징적인 『너무 시끄러운 고독』의 표지를!

‘근사한 문장을 통째로 쪼아 사탕처럼 빨아먹고, 작은 잔에 든 리큐어처럼 홀짝대며 음미한다. 사상이 내 안에 알코올처럼 녹아들 때까지.’

『너무 시끄러운 고독』의 주인공이 한 말이다.

당연히 텍스트가 중요하다. 표지는 중요하지 않을 수 있다. 그런데 표지를 보고 책을 사는 사람들이 많다. 줌파 라히리의『책이 입은 옷』처럼.

'색깔을 벗은 표지'와 '쓸데없는 그림 따윈' 없는 소책자를 우린 읽으려 들까. 퓰리처상 수상작가인 줌파 라히리는『책이 입은 옷』에서 '책이 입는 옷'인 표지를 통해 책에 대한 해석을 가하는데 때로는 그것이 작가에게 상처를 입히기도 한다고 말한다.

『책이 입은 옷』은 꽤 얇은 책이다. 재미있는 것은 맨 처음 '옷을 입지 않은 책'이었던 텍스트에 옷을 입히고, 우리나라에 와서는 더 많은 옷을 껴입었다는 것. 그렇게 껴입은 후에야 독자를 만날 수 있었는데, 나도 그중 한 사람인 것이다.

책을 생각할 때 때로는 표지가 생각나는 경우도 있다. 내겐『너무 시끄러운 고독』의 표지도 그런 경우다.

어쩌면 표지를 버리고 간 사람들도 표지를 보고 책을 구입했을 수도 있다. 다 읽은 후에는 그것들이 필요 없어졌을 뿐이고. 아무튼 나는 『너무 시끄러운 고독』 책을 쌌던 표지 커버를 버리지 못하고 있다.

#9 서로 실수하며

'북클럽 책이 안 왔어요.'

북클럽 책은 매월 마지막날 편지와 포장을 하고, 1일 날 발송한다. 1일이 일요일이면 2일에 택배를 보낸다. 북클럽은 6개월에 한 번씩 회원을 모집하는데, 문자를 보낸 사람은 지난 번에 이어 또 이번에도 신청한 사람. 북클럽 신청란에 신청한 것이 아니어서 따로 메모해놓았다 빠뜨린 것이다. 심지어 다른 책도 주문까지 해서 '넵!'하고 대답은 해놓고 까마득히 잊어버렸다.

머릿속이 하얘져서 연신 머리를 주억거리며 통화를 하고 책을 보내겠다고 하고 보니, 보내겠다고 한 책이 없다. 월요일 아침에 추가 주문한 책인데 택배로 오다 보니 빠르면 내일이나 도착한다. 다시 또 죄송하다는 문자를 보냈다.

잠시 후 인쇄소에서 전화가 왔다. 발주한 책이 인쇄 및 제본 업체의 연이은 휴가로 다음주에나 나온단다. 사실 인쇄 발주는 더 일찍 했었는데 인쇄소에서 깜빡하고 인쇄를 하지 않았던 것이다. 주문이 쇄도하는 책이었다면 벌써 한바탕 난리가 났겠지만, 다행히 주문이 뜸한 책이어서 알았다고 하고 다시 발주한 터였다.

인쇄소 사장은 조금 망설이는 듯하다 말을 꺼냈다.

"저, 지난달 작업한 게 입금이 안 돼서요……."

나는 얼른 말했다.

"아이고, 죄송해요. 제가 월말에 다 같이 결제한다고 했는데 빠뜨렸나 봐요. 한번 확인해보고 안 됐으면 바로 입금할게요."

"아, 네. 저도 확인해볼게요. ……. 잠깐만요."

당황한 내가 확인하는 사이 인쇄소 사장이 말했다.

"들어왔어요. 죄송해요."

자주 깜빡하다 보니 나는 무조건 내가 실수했다고 생각한다. 그러다 보니 이처럼 내가 실수하지도 않은 일은 먼저 죄송하다고 하는 경우가 많다.

가끔, 실수해도 미안하다는 말을 잘하지 않거나 우기는 사람들이 있다. 그럴 때는 그냥 상대방 얼굴을 빤히 쳐다보게 된다. 절대 본인은 그런 실수를 하지 않는다는 듯 머리 꼿꼿이 세우는 사람에게 뭐라 할 것인가.

뒤늦게 미처 보내지 못한 북클럽 회원에게 보낼 책을 골랐다. 좋은 책이다. 이 책을 받고 그도 좋아했음 좋겠다.

#10 다정한 손님

토요일 오후, 젊은 친구들이 들어왔다. 내가 쓴『시골책방입니다』를 읽다 서울에서 달려왔다고 했다. 그들은 안에서 책을 보다 밖으로 나갔다. 나는 우리 집에서 가장 좋은 자리, 소나무 그늘 아래로 가라고 했다.

책상에 앉아 일을 하다 잠깐 밖에 나갔더니 그들이 그림처럼 앉아 있었다. 초상권 때문에 사진을 멀리 찍겠다 했더니 괜찮단다. 조금 가까이 가서 그들을 찍었다. 내가 다 눈이 부셨다.

일요일에는 내 책을 읽고 나의 팬이 되었다며 한 가족이 왔다.

책을 잘 읽지 못하는데『나는 이제 괜찮아지고 있습니다』를 읽으면서 좋았다고 했다. 그러고는 시집『내 몸에 길 하나 생긴 후』를 들고 갔다. 가슴이 마당에 한창인 꽃잔디처럼 피어났다. 손님은 그들이 전부였으나, 족했다.

저녁 나절 운동하러 나가는데 차가 많이 막혔다. 대체 이 많은 차들은 어디를 갔다 가는 걸까. 책상에 엎드려, 혹은 마당에서 일하느라 사실 손님이 없다는 사실조차 잊는다. 그러다 주말인데 사람이 없었네, 생각하면 갑자기 쓸쓸함이 밀려든다. 한편으로는 어떡하지, 하는 생각도 든다.

무슨 방법을 찾아야 할까. 그래서 책방과 카페 운영을 위해 뭔가를 해야지, 생각한다. 그런데 또다시 나는 책상에 앉아서 뭔가를 하거나 마당에서 일한다. 그러다 보면 일주일이, 한 달이, 계절이 훅 지나간다.

다행스러운 일이다. 굶기는커녕 사방에 먹거리가 있어 늘 배가 부르니. 어제도 엄나무순을 따서 데쳐 먹고, 야채 샐러드를 커다란 접시에 잔뜩 담아 먹었다. 겨울을 난 부추를 잘라 멸치액젓으로 절여 부추김치를 한 통 담그고, 찹쌀풀을 쒀서 다시물과 섞어 열무김치를 담갔다.

오늘 아침에는 이웃이 쑥개떡을 했다며 갖다 줬다. 바로 한 개를 먹었다. 당연히, 너무나 맛있었다.

가끔 사람들이 말한다.

베이커리를 해라, 커피를 볶아라, 마당을 어떻게 해라, 광고를 해라…….

나도 한때는 누구에게 그렇게 말했었다.

이렇게 해라, 저렇게 해라.

지금도 그 버릇이 있어서 그렇게 말할 때도 있다. 그러나, 저마다 살아가는 방법은 다르다. 남보기에 잘하기도 하고, 못하기도 한다. 누구나 그들 나름대로 각자의 상황에서 살아간다. 누구는 재테크를 잘하기도 하고, 누구는 월급만으로 만족하며 살아간다.

돈을 잘 벌면 성공한 것처럼 보인다. 공부를 잘해 좋은 학교에 가면 성공한 것처럼 생각하듯. 그러나 남에게 보이는 것은 모르는 일이다.

따지고 보면 누구나 성공적인 삶을 살아가는 것 아닐까. 아무것도 없이 맨몸으로 태어나 살아가는 것이니.

오늘은 맨발로 마당을 좀 걸어야겠다. 발바닥부터 머릿속까지 땅의 기운이 쑥 올라오는 그 시원함을 좀 누려야겠다.

#11 내 맘대로 책방

어제저녁에는 파주 헤이리에서 북카페 쑬딴스를 하는 술딴과 함께 북토크를 했다. 겨울이고, 술 이야기이고 뭔가 좀 특별하게 하고 싶어서 집 거실에서 장작난로를 피워놓고 했다.

전날 와인과 시즈닝으로 숙성시킨 바비큐를 숯불에 굽고, 직접 재배한 배추로 담근 김장김치와 할라피뇨 피클을 곁들여 역시 직접 재배해서 짠 들기름을 살짝 뿌린 밥과 함께 막걸리와 와인을 내놓았다. 장작난로 앞에서 음식을 나누는 동안 마음은 풀어지고 뜨끈해졌다.

그러다 쑬딴의 새 책『개와 술』이야기, 책방 이야기, 무엇보다 자유로운 한 남자의 이야기가 이어졌다. 나는 그에게 물었다.

"책방을 하기 전과 책방을 한 후 달라진 것은 무엇이 있으세요?."

그는 말했다.

"내 맘대로 하는 것이요. 하기 싫은 일은 안 합니다."

함께 책방을 하는 나는 그 말이 무엇인지 너무나 잘 안다. 그도 십수 년을 회사의 한 부품으로 살았고, 나 역시 그보다 더 오래 그렇게 살았다. 내 맘대로 할 수 있는 일은 사실 회사에서는 없다. 그러나 '내 책방'에서는 그게 가능하다.

하지만 그렇게 그의 십수 년, 나의 그 오랜 시간들 역시 소중하다. 그것들이 그의 책방과 나의 책방 색깔을 만들기 때문이다.

나는 말했다.

"책방을 하기 전과 책방을 한 후 달라진 점을 똑같이 나에게 질문한다면 역시 내 맘대로. 그리고 나는 하고 싶은 일은 다 한다, 하기 싫은 일은 당연히 나도 하지 않는다, 그러나 하고 싶은 일은 맘껏 해본다, 해보고 내가 다른 일에 더 집중해야겠다 싶으면 그만둬요."

처음 책방 겸 카페 문을 열었을 때 나는 이것저것 많이 했다. 메뉴에는 숯불훈제바비큐정식을 비롯해 브런치, 샌드위치, 스파게티가 있었다. 연잎 위에 바비큐를 얹어내고, 바질잎을 따서 스파게티를 만들고, 베이컨을 바싹 구워 샌드위치를 만드는 일은 즐거웠다.

그러나 지금은 하지 않는다. 그보다 지금의 나는 문화행사를 기획하고 읽거나 쓰는 일에 더 집중한다. 카페 일보다 책방 일에 더 집중하는 것이다.

밥하는 일을 좋아하지만 그 일보다 내겐 북토크를 하고, 음악회를 진행하고 사람들과 책 이야기를 하는 것이 훨씬 더 재미있는 것이다. 그리고 무엇보다 나는 읽고 쓰는 일이 더 좋고.

이런 모든 일은 책방이라는 공간이 있기 때문에 가능한 것이다. 내게 책방이라는 공간은 언제나 아름다운, 더할 나위 없이 좋은 장소다. 매일 책방 문을 열면서 설레고 좋은 이유다.

#12 우연과 필연

시골 풍경이 그리운 분들이라면 오세요.

아직 이곳은 시골 풍경이 남아 있고

가꾸지 않은 아름다운 숲이 있답니다.

그리고 무엇보다 책과 커피가 있지요.

혹시 또 아나요?

이곳에서 우연히 만난 책 한 권이

인생을 바꿀지요.

우연은 때때로 필연이 되니까요.

어쩌다 책방을 하는 지금의 나를 생각하면 삶은 우연의 연속이라는 생각이 든다. 그리고 그 우연들이 필연을 만든다. 책방 이전의 나와 책방 이후의 나는 다르다. 대학을 가기 전의 나와 대학을 간 후의 내가 다른 것처럼.

책방을 통해 만난 인연들은 나를 매일 조금씩 다르게 성장시킨다. 지금은 엉성하기 짝이 없지만 쪼글쪼글 할머니가 되어서도 신간을 읽고, 북토크를 하고, 책방 문을 열고 들어서는 이와 반갑게 인사를 나누다 보면 내 삶은 조금 더 풍요로워질 것이다. 그러는 동안 책방과 함께 몇몇 사람들도 단단해질 것이고.

그런 것들은 결국 우연 속에서 이루어질 것이다. 내가 고르는 책도, 내가 만나는 이들도. 그리고 그것들은 필연이 되어 또 다른 나를 만나게 할 것이다.

오늘 퇴직한 부부가 찾아왔다. 퇴직 후 전원생활을 하면서 책방을 하고 싶어 실행에 옮겼고, 곧 책방 문을 열 계획이라고 했다. 그들은 먼저 시작한 내게 이런저런 것을 물었다.

나는 내가 아는 한도 내에서 말을 했다. 해보면 별거 아닌 일임에도 불구하고 처음에는 낯설고 두렵다. 나의 경우에는 포스기 설치 및 사용, 사업자등록증 등을 위한 관공서 출입 등이 어려웠다.

그런데 여성이 책방을 둘러보다 캘리 작품을 보면서 말했다.

"저거 제가 선물해드린 거예요."

나는 깜짝 놀랐다.

2년 전쯤인가, 두 명의 여성이 어느 날 찾아왔었다. 그들은 차를 마시고, 몇 마디 이야기를 나누었다. 그러다 갑자기 한 사람이 캘리 작품을 내밀었다. 어정쩡한 자세로 선물을 받으면서 나는 적잖이 당황스러웠다. 그 작품을 책꽂이 한 쪽에 놓고 볼 때마다 나는 그때의 그 당황스러움과 고마움, 그리고 무엇보다 상대의 이름은커녕 얼굴도 기억하지 못하는 것에 대한 미안함이 늘 마음 한쪽에 있었다. 그런데 그가 이제는 가까운 곳에 책방을 한다고 다시 온 것이다!

그는 우리 책방에서 가까운 양지면 제일초등학교 앞에 전원주택으로 이사했고, 그곳에서 '야금야금'이라는 책방을 하고 있다. 그는 가끔 빵을 구워 들르기도 한다. 우연은 때때로 필연이 된다.

#13 우리들 마음에는 소년 소녀가 산다

오늘 문화재단 강의가 있었다. 들어가니 책상에 꽃바구니가 놓여 있었다. 스승의 날이라고 수강생들이 갖다 놓은 것이었다. 순간 얼굴이 벌게졌다. 마스크를 껴서 다행이었다.

문화재단 수강생들은 30대부터 70대까지 다양하다. 남성도 있다. 힘을 뺀 이들의 글은 남다르다. 종종 내가 감동받고 배운다.

글에는 그들의 삶이 들어 있다. 어디 가서 말 못 할 것들. 소설이나 시가 아닌, 혹은 목적 있는 글이 아닌 그냥 삶을 이야기하는 글. 에세이 수업을 하면서 나는 그들의 속을 본다.

글은 정이 든다. 속내를 보기 때문이다. 강의만 들으면 좋을 텐데, 글을 써와야 한다. 그러니 대충 수업을 듣는 사람이 없다.

그들을 통해 나는 살아가는 일을 조금씩 더 알아간다. 겸손함을 배우고, 내려놓음을 배운다.

시골책방 안에서 나는 자유롭다. 이 안에서 나는 더할 나위 없이 평화롭다. 그러나 밖에 나가 눈을 돌려보면 사방에 잘난 것 투성이다. 부자도 많고, 똑똑한 사람도 많고, 책도 잘 파는 사람도 많고. 우물 안 개구리처럼 이 안에서 혼자 좋다고 하는 건가 싶어 돌아오면 때때로 기가 죽는다.

오늘 누군가 이런 글을 썼다. 친하게 지냈던 친구가 암 수술을 한 후 나머지 인생은 하고 싶은 걸 하고 살겠다며 수억 원짜리 고급 차를 샀는데 그 모습이 그리 좋아 보이지 않았다고. 그런데 생각해 보니 어찌 됐든 살 형편이 되어서 샀으니 축하해 줘야 마땅한데 마음에 시기와 질투가 있었던 것 같았다고.

또 어떤 사람은 이렇게 썼다. 할미꽃이 고개를 숙이고 있는 것은 부끄러움 때문이라고. 그러나 할미꽃 너만 부끄러운 것은 아니라고, 나도 그렇다고.

에세이 수업을 하지 않았다면 만나지 못했을 많은 이야

기들이 가슴에 남아 있다. 젊은 시절, 수많은 인터뷰이를 통해 배웠던 인생을 지금은 이들을 통해 배운다. 비록 이 우물이 작더라도 나는 이 안에서 유영하겠다. 이 안에서 피고 지는 꽃만 제대로 안다 해도 나는 좀 나은 사람이 되지 않을까.

문화재단 수강생 단체 카톡방에서 한 사람이 말했다.

"아직 옷 갈아 입지 않으셨으면 꽃바구니 들고 사진 한 장 찍으시길요. 꽃바구니와 어울려요."

말 잘 듣는 나는 얼른 뛰어나가 꽃바구니 앞에서 사진을 찍어 단체방에 올렸다. 우리들 마음에는 언제나 소년 소녀가 산다.

#14 설날 풍경

연휴 첫날, 모녀가 와서 책을 읽었다. 엄마는 이병률의 『그리고 행복하다는 소식을 들었습니다』를, 딸은 박준의 『뉴욕, 뉴요커』를 구입해서 읽었다.

연휴 둘째날 오전 11시쯤. 동네 아이가 혼자 와서 책을 읽다 갔다. 아이가 읽은 책은 나의 동시집 『시간 택배』.

오후 1시쯤, 동네 아이가 혼자 와서 핫초코를 마시고 갔다. 오전에 왔던 아이 옆집에 산다는 아이는 자전거를 타고 왔다. 이제 이사온 지 한 달 조금 넘었다고 했다. 서울에서 할머니 집으로 이사 왔다는 아이는 카페가 예쁘다며 곳곳을 사진 찍었다.

우리 책방을 걸어서 올 수 있는 아이들은 이제 내가 아는 한 다섯 명. 자전거를 타는 아이가 오기 전에는 네 명이었는데, 늘었다. 세 명은 모두 같은 집 남매들.

아이들의 마음에 책방은 어떤 무늬로 남을까. 이곳을 오고 가는 동안 만나는 나무와 햇살과 바람들과 함께 이 마을에 머물거나 떠나 아이들은 어른이 될 것이고, 사회적으로 성공하거나 혹은 보통의 삶을 살아가겠지만 아이들 마음에 책방이, 책이 남아 있다면, 하고 생각한다. 하긴 그렇다고 인생이 뭐 달라질까만. 그래도 책에서 길을 찾아가는 삶을 살아간다면.

이런저런 쓸데없는 생각을 하다 세상에서 가장 편한 책 읽기를 위해 읽던 책을 펼쳐들었다.

#15 언제나 좋은, 언제나 아름다운

햇살을 받으며 마당에서 커피를 마실 수 있을 정도의 날씨. 잠깐 봄인가 싶지만 바람은 아직 차다. 무엇보다 꽁꽁 언 개울물을 보면 겨울이다. 그래도 저것도 얼마 버티지 못하고 몸을 풀고 흐를 것이다. 봄이 오는 것을 거스를 수 있는 것은 아무것도 없으므로.

이곳에서 봄이 오는 것은 언제나 설레고, 겨울을 보내는 것은 아쉽다. 이곳의 겨울은 좀 더 춥지만 그래서 더욱 겨울답다. 이곳의 봄은 또 너무나 봄답다. 사방에서 새순이 터지고 꽃이 터진다.

겨울에 온 사람은 말한다.

"봄에는 정말 좋겠어요."

여름에 온 사람은 말한다.

"겨울이면 정말 좋겠어요."

그 모든 질문에 나는 답한다.

"이곳은 언제라도 좋아요."

언제나 좋은 곳,

언제나 아름다운 곳.

매일 조금씩 다른 풍경을 선사하는 곳.

이곳이 특별해서가 아니라 자연 속에 있기 때문에.

#16 봄날 아침

마당에 나와 아침을 먹는다. 맑은 날도 좋지만, 이곳은 비가 오면 더 좋다. 다른 곳보다 늦게 봄이 오다 보니 산벚꽃은 이제야 소나무들 사이에서 꽃을 피우기 시작, 비로소 존재를 알린다.

꽃이 없는 동안에는 소나무들 사이에서 잡목으로밖에 취급받지 못하는, 그래서 소나무를 더욱 돋보이도록 잘라버리라고 말들 하는. 그러나 저 풍경이, 저렇게 어우러진 풍경이 나는 좋다.

소나무 숲에서는 다른 것들이 자라지 못한다는데, 저 안에는 벚나무와 때죽나무, 두릅, 산초, 고사리, 둥굴레 등과 내가 모르는 수많은 것들이 피고 진다. 그것들은 내가 함부로 베어낼 수 없다. 내 땅이 아니기 때문이다. 나는 그저 바라보는 호사를 누릴 뿐이다.

그 아래로 진달래도 피고 마당에서는 보리가, 한쪽 정원에서는 비비추와 벌개미취 같은 것들이 무섭게 자란다. 이 비가 그치면 훌쩍 더 자라 있을 것이다. 비가 온다 해서 어제는 수국을 좀 옮겨 심었다. 지난가을 꺾꽂이해서 겨우내 안에서 키운 것들이었다. 며칠째 밖에 내놓아 적응을 시켰던 터라 땅에서도 잘 자랄 것이다.

잘 꾸며진 정원에 비하면 정원이랄 것도 없지만 곳곳이 특별하다. 여기저기 손이 안 닿은 곳이 없기 때문이다. 큰돈 들이지 않고 남편과 함께 만든 소박한 정원. 큰 소나무 숲이 배경처럼 펼쳐져 있으니 사실 그 아래 마당에 뭔가를 심는다는 것이 의미 없다.

처음 이곳에 이사했을 때 마당 한가운데 작은 소나무 여섯 그루가 있었다. 작은 소나무들도 언젠가는 시간이 흘러 큰 나무로 자라겠지만, 우리는 그것들을 마당 정지작업을 하면서 한쪽에 옮겨 심었다. 한쪽에 여섯 그루를 무리 지어 심어 놓음으로써 나름 소나무 숲을 이루게 할 생각이었다. 포클레

인으로 푹 떠서 옮겨 심었더니 한 해는 잘 사나 싶었는데 이듬해 하나둘 죽고 말았다. 현재는 한 그루만 서 있다.

정원 가꾸기에는 돈이 좀 들어간다. 그러나 우리는 돈 대신 품을 판다. 누군가가 갖다 주거나 누군가로부터 얻어오고, 수국 같은 것들은 포기를 나누거나 꺾꽂이를 하고. 우리에게 돈이 많았다면 근사하게 쫙, 정원을 만들었을까?

살아가는 일은 같지만 저마다 다르다. 나보다 마당에서 더 많은 시간을 보내는 남편은 언제나 하루가 짧다. 그러다 보니 밥도 많이 먹는다. 수십 년 쓰지 않았던 몸을 쓰다 보니 처음에는 서툴렀으나 이젠 노동이 몸에 뱄다. 이젠 마치 오랫동안 이렇게 살아온 것 같다. 몸의 재발견이다.

봄날 때로는 막 피어나는 풀마저 좋아 한동안 바라볼 때도 있다. 그러나 뽑아주지 않으면 무성한 풀밭을 이룰 터. 부슬비가 오는 오늘 같은 날, 풀 뽑기 좋은 날이다. 손이 슬슬 거칠어지고 있다.

#17 슬픔이 다 찬 후에

히비스커스 새순이 많이 돋았다. 길쭉하게 자란 가지를 싹둑 잘라낸 결과다. 그 뒤에 있는 떡갈고무나무도 새순을 틔우고 있다. 떡갈고무나무는 여름내 밖에 있는 동안 잎이 제대로 자라지 않았다.

대가 굵은데 자라지 않는 것을 보면서 뿌리가 썩었나 싶어 보니 뿌리는 괜찮았다. 버릴까 하다 생명 있는 것이라 분갈이를 하면서 역시 가지를 싹둑 잘랐다. 한 열흘 남짓 지났을 뿐인데 가지 아래쪽 여기저기에서 새순이 터지고 있다.

잘 자라고 있는 것도 봄이면 밖으로 내놓고 한 번씩 가지를 쳐준다. 그러면 남은 가지들은 여름내 더 굵어지면서 새순을 틔우고 더 많은 잎을 피워낸다.

책방에는 한쪽 가지가 쭉 자라고 있는 떡갈고무나무가 있다. 지난봄에 한 번 칠까 하다 반짝이는 잎들이 아까워서 차마 치지 못했다. 대신 맨 위의 새순을 슬쩍 잘랐다. 그랬더니 마치 접붙이기라도 하듯 바로 잘린 옆에서 새순이 나와 한가지로 자란다.

여름을 지나는 동안 두 뼘도 넘게 쑥 자랐다. 내버려 두면 더 가늘게 높이 자랄 것이다. 지금 자체로도 보기 좋지만, 흔들리는 가지를 볼 때마다 생각한다. 언제 가지를 칠까.

나무와의 관계에서 나는 꽤 일방적인 것처럼 보인다. 자를 때 자르면 되므로. 그러나 과연 그럴까.

전지가위를 들고 나무 앞에 서면 나무가 말을 걸어온다. 이렇게 보고 저렇게 보는 동안 나무의 속을 생각한다. 자르는 나와 잘리는 나무와의 관계에는 애정이 깃들었다. 뿌리가 살아있으면 물을 주고, 겨울 채비를 위해 안으로 들인다. 비실대는 것들은 영양분이 듬뿍 들어간 흙으로 갈아주고 가지를 쳐준다. 그래도 안 되는 것들은 끝내 버려진다.

관계에 애정을 쏟을 때는 잘 보이고 싶고, 잘해주고 싶다. 그러나 나도, 상대도 언제나 같을 수 없다. 변할 수밖에 없다.

처음 만났을 때는 그가 어떤지, 그는 내가 어떤지 알 수 없다.

안다고 하는 것은 피차간에 서로의 어느 한 부분만 알 뿐이다. 그것으로 관계를 이어간다. 각각 나름의 무게만큼 애정을 갖고.

살다 보면 관계가 끝나 있을 때가 있다. 일부러 관계를 끊기도 하고. 일의 관계에서는 두말할 것도 없다. 어느 한 시절 알던 이로 남는 것이다. 서로의 입장에서 서로를 평가하며. 그리고 서로는 자신의 입장에서 언제나 옳다고 생각하기 마련이고.

어쩌다 일 하나를 하면서 슬픔을 느꼈다. 나는 내가 옳다고 생각하지만, 상대는 상대가 옳다고 생각할 것이다. 입장이란 것이 있으므로 다 옳다. 그러다 보니 좋은 사람인가, 안 좋은 사람인가까지 생각하게 됐다. 그러나 이 역시 내게 잘하면 좋은 사람, 나쁘게 하면 나쁜 사람일 뿐.

나무를 자르듯 적절하게 잘 자르면서 살아가야지, 생각했다. 너무 티 내지 않게. 움베르토 에코의 말처럼 세상의 바보들에게 웃으며 화내는 방법으로 유머러스하게. 그런 고수는 그러나 아무나 되는 게 아니므로, 나는 화나고 아프다 슬픔에 이르렀다. 그러나 슬픔이 다 찬 후에는 튀어 오를 수밖에 없다. 회복탄력성에 의하여 더 높이.

그러니 삶은 언제나 약이 된다. 잘린 가지는 버려져도 남은 가지는 더 굵어지고 저 속에서 새순을 틔우는 것처럼.

#18 다른 이의 무례를 건너는 법

한동안 나는 화가 났다. 함께 일했던 이의 무례 때문이었다. 화는 슬픔으로 이어졌고 어느 날에는 치욕스러웠다. 참는 마음이 부족해 이 사람 저 사람 만날 때마다 그의 무례에 대해 말했다. 심장이 두근대고 숨조차 쉴 수 없었다고, 소화가 되지 않아 병원 신세까지 졌다고, 나의 말을 들은 한 친구가 보이스피싱 당한 셈 치라고 했다고, 그제야 떨리던 심장이 가라앉고 숨을 제대로 쉬었다고, 그러니 그는 얼마나 나쁜 사람이냐고, 이 나이 되도록 사람 볼 줄 모르는 내가 한심하기 짝이 없다고.

말을 하면서도 부끄러움이 일었다. 그러나 그 부끄러움

은 하루도 지나지 않아 다시 다른 사람을 만나 또 같은 말을 반복하고 있었다. 물론 내 안에 있는 화를 풀고 싶었기 때문이다. 그러나 나는 그에게 왜 당신은 나에게 이렇게 무례한가, 묻지 않았다.

언젠가 상대의 변심으로 출판 계약이 파기됐을 때 나는 한동안 그를 비난하는 말로 하루를 보내곤 했다. 그러다 더는 주변 사람들에게 말하는 것조차 부끄러워졌을 때 심리상담사를 찾아가 그를 비난했다. 관계의 절망에서 나는 외로웠고, 피폐해지고 있었다. 이번 일을 겪으면서 나이를 먹어도 여전히 변한 것이 없다는 사실이 나를 더 괴롭혔다. 어찌하여 나는 아직도 뒤에서 험담이나 하는 것인가. 상대와 맞붙지도 못하면서.

평론가 신형철의 시화詩話집 『인생의 역사』를 읽다 인용한 이성복 시인의 문장이 눈에 들어왔다.

내가 싫어하는 사람의 약점을 옮기고 다니면 내가 약하다는 증거예요. 그 사람의 비밀을 지켜줘야 그 사람을 싫어할 자격이 있어요.

그에 대한 침묵을 지킬 자신이 없는 나는 더 쥐구멍을 찾아들고 싶었다. 물론 나의 이 치졸하기 짝이 없는 감정을 그와 이성복 선생의 문학관에 함부로 갖다댈 수는 없는 일이다. 그래도 이 문장이 들어와 나를 살리고 있었고, 이성복을 읽은 신형철의 글들이 나를 살리고 있었다.

시골에 들어와 책방을 하면서 나는 말했다. 텃밭을 가꾸면서, 매일 변하는 숲의 모습을 보면서 배운다고. 시골책방에 찾아오는 이들의 그 소박한 마음을 통해 배우고 또 배운다고. 그래서 매일 새롭게 태어난다고.

그러나 전혀 그렇지 않다는 것을 이번 일을 겪으면서 그야말로 뼈저리게 느꼈다. 하청받은 일이니 젊은 날 밥벌이할 때처럼 촉각을 곤두세웠다. 조금 거창하게 지역을 위한다는 명분을 내세웠지만 어쨌든 돈 몇 푼 벌자고 한 일이었다. 그러는 동안 나는 다시 저 시궁창 속으로 들어가고 있었던 것이다.

나는 몇 사람에게 문자를 보냈다. 나의 속 좁음이 한없이 부끄럽다고, 부디 내가 했던 말들을 잊어달라고. 그러나 이것은 또 얼마나 부질없는 짓인가. 얼굴은 더 화끈거렸다. 그러나 어쩌겠는가. 머리를 뒤흔들고 나는 다시 『인생의 역사』

속으로 들어갔다. 그의 말처럼 읽을수록 한없이 '비참'해졌지만 읽지 않으면 나는 더없이 '비천'해질 것이므로.

책에 빠져드는 동안 상대로부터 받았던 무례의 순간들이 먼지처럼 털어지고 내 안의 내가 허리를 곧추세우고 있었다. 마당에 나가자 비로소 이곳의 바람소리가 들렸다. 나뭇잎 떨어지는 소리가 들렸다. 어쩌면 상대는 자신이 무례한지조차 모를 것이다.

나는 그에게 문자를 보냈다. 당신이 내게 한 행동은 예의가 아니었다고. 초겨울 햇살이 등을 따끈하게 했다.

#19 나는 아직 신간을 읽고 있는 때

많은 눈이 내렸다. 미리 오겠다고 연락했던 손님이 올 수 없다고 연락이 왔다. 눈이 오면 세상이 멈춘 듯 고요하다. 이런 날 누가 오겠나 싶어 종일 책이나 읽어야지 맘먹고 페이퍼백으로 나온 레이먼드 커버의 『사랑을 말할 때 우리가 이야기하는 것』을 펼쳐 들었다. 중간쯤 읽고 있는데 동네 어른이 들어왔다.

은퇴 후 전원주택에 사는 그는 가끔 혼자 들러 커피를 마셨다. 십대 손주 생일선물로 책을 주고 싶다며 그는 책을 좀 읽는 아이이니 성인용 책을 골라 달라고 했다. 이런 경우 좀 어렵다. 고민 끝에 『최재천의 공부』를 권했다. 그는 당신이 먼저 읽고 선물해야겠다며 최재천 교수와 대담한 안희경 작가에 대해 물었다. 그에 대해 잘 알지 못하는 나는 프로필에 있는 대로 이야기를 했다. 촘스키, 지그문트 바우만, 리베카 솔닛, 마사 누스바움 등을 만나 대담집을 냈고요……. 그러자 그가 말했다.

"어렵겠네. 이젠 어려운 책은 못 읽겠어요. 젊어서는 어려운 책도 좀 읽었는데 이젠 싫어요. 나이 들어서 생각이 확고해지다 보니 아마 다른 생각들이 비집고 들어올 틈이 없어져서 그런 게 아닌가 싶어요. 특히나 훈계하는 책은 정말 싫어요. 이렇게 살았다 하면 그만이지 뭘 이렇게저렇게 살아라 가르치려 드는지."

그렇지요, 그렇지요. 나는 그 말들에 맞장구를 쳤다. 그러면서 지난가을 만난 한 선배가 생각났다.

"이젠 다큐나 예술영화를 못 보겠어. 예능 방송 보면서 그냥 웃는 게 좋아. 조용한 게 싫어서 종일 TV를 켜놓기도 하고."

씨네큐브를 들락거렸던 그가 예능만 본다니, 예술의전당을 들락거리던 그가 아침에 일어나 잘 때까지 텔레비전을 틀어놓고 지낸다니. 그의 나이 듦이 확 와닿던 북촌의 한 카페에서 나는 슬펐다. 하필 바람이 불어 은행잎은 사방으로 흩날리고 은행나무는 벌거벗고 있었다.

나는 책방을 차린 후 공공연히 말했다. 내 꿈은 신간 읽는 할머니라고. 지금도 내 꿈은 여전하다. 돋보기 쓰고(지금도 돋보기는 쓰지만) 신간들을 검색하고, 그중 읽고 싶은 책들을 주문해 잔뜩 쌓아놓고, 그것들에 은근 중압감을 느끼며 읽다 책방에 손님이 오면 느리게 일어나 커피 한 잔을 내려주며 최근 읽은 책들을 이야기하는.

문득 나는 7, 80이 된 나이에 이르러서도 지금처럼 책을 읽을 수 있을까 싶어졌다. 지금처럼 밤마다 좋은 영화를 골라보는 대신 예능을 틀어놓고 있는 것은 아닐까. 마치 샷 추가를 외치며 종일 몇 잔의 커피를 들이마시던 때를 지나 하루 한 잔의 커피도 밤잠을 걱정하며 마시는 지금처럼 어쩌면 10년 후 나는 책 한 권을 들고 쩔쩔매는 것은 아닐까. 생각이 꼬리를 물자 갑자기 우울해졌다. 하늘은 여전히 잔뜩 흐리고.

점심을 먹고 나는 과감히 커피 한 잔을 내렸다. 아침에 먹었으니 또 한 잔을 마시면 밤잠을 설칠 수 있지만, 까짓거 한 잔 더 마시고 영화 한 편 더 보자 생각했다. 아직은 그래도 되는 때, 할 수 있는 때가 아닌가.

나이 들면 지금보다 할 수 없는 일이, 하고 싶어지지 않은 일이 많아질 것이다. 그러니 할 수 있는 때, 하고 싶을 때 해야지. 커피를 마시는데 책방에 햇살이 들어왔다. 그새 날이 갠 것이다. 늙어가는 일이야 혼자만의 일도 아니고 어쩔 수 없지만, 아직 나는 신간을 읽고 있는 때. 나는 커버 책을 다시 집어들었다.

#20 바디프로필을 찍다

바디프로필을 찍었다. 보통 3개월 전에 예약을 하고 촬영을 한다는데 나는 불과 20일을 앞두고 예약을 했다. 이렇게 한 것은 시간을 길게 잡기에는 일정이 마땅찮았고 사진을 위해 일부러 몸을 만들지 않겠다는 생각이 컸다. 옷도 평소 운동복과 요가복을 입고 찍었다.

바디프로필을 찍기 위해서는 몸을 '만들어야' 한다. 운동은 물론 식단도 조절해야 한다. 심지어 촬영 전날에는 물도 마시지 않는다. 그러나 그러기에는 내가 너무 젊지 않다. 그러다 병원 신세도 질 수 있다.

젊지 않은 내가 바디프로필을 찍기로 한 것은 바로 '젊지 않기' 때문이다. 2022년, 60세가 됐다(주민등록과 실제 나이가 1년 차이가 나고, 앞으로 만 나이가 도입될 터이므로 나는 앞으로 60세를 두 번 더 맞이하겠지만). 앞으로 내 몸은 더 병들고 늙어 갈 일만 남았다. 따라서 오늘이 제일 젊고 좋은 날이다.

나는 26년째 운동을 하고 있다. 26년 전 3월, 출산한 지 3개월 만에 나는 지팡이를 짚고 수영장에 갔다. 의사는 어긋난 엉치뼈는 다시 돌아오지 않으므로 평생 수영을 해서 근육을 만들어야 한다고 했다. 나는 의사 말에 고분고분 새벽 5시 반에 일어나 수영장으로 갔다. 의사는 등산과 헬스를 하지 말라고 했다. 그러나 수영으로 건강이 회복된 나는 어느새 지팡이를 내던지고 걸었고, 제주올레길도 며칠씩 걷고, 지리산 종주도 했다. 헬스클럽에서 기구 운동도 시작했다.

시골로 들어와 살면서도 거의 매일 새벽 헬스와 수영을 했다. 그러다 코로나가 터지고, 나의 운동 생활도 끝나버렸다. 스포츠센터가 휴관했기 때문이다. 이후 생활이 편했다. 무엇보다 새벽에 일어나지 않는 것이 좋았다. 그런데 몇 달 지나자 허리와 다리 등이 아팠다. 다시 헬스를 시작했다.

그즈음 코로나로 외부 활동이 줄어들자 연예인들부터 일반인까지 바디프로필 사진이 유행이었다. 슬쩍 마음이 동했다. 그러나 이내 생각을 접었다. 해가 바뀌고 60세가 되자 더 나이 들기 전에 내 몸을 기록하고 싶어졌다.

아끼지 않고 몸이 몸을 내준 덕분에 나는 살았다. 때때로 아픈 몸들을 지나기도 했지만, 덕분에 뚜벅뚜벅 걸어 오늘에 이르렀다. 그러나 나는 내 몸을 쓰는 데 열심이었지, 내 몸을 살피는 일에는 인색했다.

시골 생활을 선택한 이유 중 하나는 몸을 쓰면서 살고 싶기 때문이었다. 내 손은 흙을 만지면서 거칠어졌고, 내 다리는 책방과 마당 곳곳을 돌아다니면서 굵어졌다. 내 몸이 흙과 함께 있어 준 덕분에 때때로 복잡하고 지친 내 정신이 쉴 수 있었다. 그러니 내 몸이 얼마나 고마운가.

그런데 그만 코로나에 확진되고 말았다. 격리 기간과 이런저런 일로 운동을 하지 못하게 되자 슬쩍 포기했다. 어차피 누구에게 말한 것도 아니니 안 하면 그만이었다. 그러고 한 달쯤 지나자 저 밑바닥에서 다른 내가 속삭였다. 네 몸은 지금이 제일 예뻐. 젊은 시절에도 예쁘다 소리를 듣지 못한 나는 그만 예쁘다는 소리에 바로 고개를 끄덕였다. 그래, 굳이 몸 만들려 애쓰지 말고, 평소 몸을 찍자. 은근 좋아하는 눈치를 보이던 내 몸이 한마디 했다. 그래도 뱃살을 가리려면 저녁은 굶어야 하지 않겠어?

촬영은 생각보다 힘들었다. 카메라 앞에 서자 얼굴과 몸이 굳어버린 것이다. 그래도 어찌어찌 사진을 찍었다. 언제 또 찍을 일이 있을까. 바디프로필 사진은 내 몸에게 보낸 선물이다.

#21 나는 오페라를 좀 좋아한다

나는 오페라를 좀 좋아한다. 오페라에 관심갖게 된 계기는 돌아가신 조수미 씨의 어머니 김말순 여사 때문이었다. 1990년, 당시 잘츠부르크 페스티벌에 참여하고 있던 조수미 씨와 팩스 인터뷰를 하고 추가로 어머니 김말순 여사와 인터뷰를 했다.

김 여사는 조수미 씨가 오페라 '리골레토'의 질다 역으로 데뷔했다고 말씀하셨다. 오페라를 전혀 몰랐던 나는 리골레토가 뭔지, 질다 역은 또 어떤 것인지 알 수 없었다. 받아적기 바쁜 내게 어머니께서 말씀하셨다. 이런 글을 쓰려면 오페라를 공부해두면 좋겠다고.

민망했다. 그러나 음악전문 기자도 아닌 내가 오페라를 공부하겠다고 맘먹기는 쉽지 않았다. 그래도 오페라는 무엇인가 책을 좀 뒤적였다. 그러나 오페라를 보지 않고는 모르는 것. 하지만 20대였던 내가 오페라 극장으로 갈 리는 만무했다.

테이프를 사서 들었다. 당연히 음악이 들리지 않았다. 오페라는 내 관심에서 사라졌지만, 차 안에서 테이프는 반복해서 돌아갔다. 그러는 동안 조금씩 음악이 귀에 들어왔다.

시간이 지나 30대가 된 어느 날 보니 나는 오페라 강좌를 듣고 있었다. 비디오테이프로 오페라를 감상하고, 평론가 선생이 이런저런 해설을 하는 강좌였다. 여전히 잘 이해되지 않았다. 자막이 아예 없거나, 자막이 있어도 영어 자막이었다. 몇 차례 극장으로 가기도 했으나 아직 젊고 월급쟁이였던 나는 오페라 티켓보다 사는 일에 돈 쓰기 바빴다.

그러는 동안 오페라 DVD가 나왔고, 너무나 친절하게 한글 자막이 있는 것도 있었다. DVD 가격은 오페라 티켓보다 훨씬 저렴했다. 무한반복도 가능했다. 신세계였다. 언제부턴가 나는 점심시간이면 광화문과 종로, 세운상가를 들락거리며 오페라 시디와 DVD를 구매하고 퇴근 후에는 밤마다 오페라를 틀어놓고 있었다. 이후 직장을 그만두고 출판사를 차렸다. 첫 책이 '김동규의 오페라 이야기, 이 장면을 아시나요'였다. (바리톤 김동규 씨도 세계 무대에서 '리골레토'였다!)

당시 김동규 씨는 CBS-FM의 음악프로그램을 진행하고 있었다. 그는 매주 오페라 아리아를 소개하고 그 배경을 이야기하는 '이 장면을 아시나요'란 코너에서 오페라를 너무나 재미있고 실감 나게 설명했다. 나는 바로 섭외에 들어갔고, 아리아를 들으며 교정을 봤다. 바로 어제 일 같은 일인데 10년도 더 전 일.

2022년 12월 17일, 우리 책방에서 오페라 갈라 콘서트를 했다. '라 보엠'과 '사랑의 묘약'. 수클래식의 테너 진세헌 씨가 책방 송년음악회 프로그램을 보내왔을 때 나는 탄성을 내질렀다. 특히 내게 '라 보엠'은 오래전 차 안에서 테이프가 닳도록 들어서 총명하지 않은 내가 곡을 다 기억할 정도. 그러고 보니 어느 여름날, 꼼짝 않는 올림픽대로에서 루치아노 파바로티와 미렐라 프레니의 노래를 한껏 틀어놓고 운전대를 잡고 있었던 저 젊은 시절의 나도 잠깐 보인다.

문득 생각한다. 만약 내가 김말순 여사를 인터뷰하지 않았다면 오페라에 관심을 갖게 됐을까. 그러나 분명한 것은 그분을 통해 오페라에 관심을 가졌다는 것. 아니었으면 나는 지금도 리골레토가 사람 이름인지 뭔지 모른 채 살아가고 있을지 모른다.

세월이 지나 시골책방을 하면서 오페라 갈라 콘서트를 했다. 그것도 12월에 '라 보엠'을! 그러니 또 아는가. 책방의 갈라콘서트를 통해 누군가는 또 오페라와 사랑에 빠질지.

그날 오후 5시. 강추위를 뚫고 예약한 사람들이 왔다. 서울 목동 사는 언니와 함께 대구에서 온 사람부터 경기도 시흥 오이도와 서울, 동탄, 수지, 분당, 대전 등에서 왔다고 했다. 특히 아들 내외와 손주를 데리고 온 사람도 있었다.

연주는 더할 나위 없이 좋았다. '라 보엠'에서 죽어가는 미미를 붙들고 로돌포가 절규할 때는 그만 눈물을 주룩 흘리고 말았다. 연주가 끝난 후에는 직접 구운 바비큐와 목포에서 공수한 대방어, 김밥으로 간단한 식사를 했다. 김치와 고구마도 곁들였다.

자리도 불편하고 음식도 고급스러울 게 없지만 다들 맛있다고, 좋다고 했다. 소박한 자리지만 빛나는 사람들 덕분에 나는 어깨가 으쓱했다. 수클래식이 아니었다면, 찾아오는 이들이 없다면 꿈도 꾸지 못할 공연.

행사를 하기 전 문득 생각했다. 앞으로 송년음악회를 몇 번이나 진행할 수 있을까. 그러자 오늘이 마지막인 듯 잘하고 싶어졌다. 물론 내가 노래하는 것은 아니지만.

다음에는 다른 오페라 갈라 콘서트를 했음 좋겠다. '리골레토'나 '오델로' 같은 것으로. 아, 이런 꿈을 꾸다니, 정말 꿈같다!

아직도 귀에 생생하다. 테너 진세헌이 부르는 '그대의 찬손'이. 책방 하면서 호강은 혼자 다한다.

#22 가만히 있으라는 말

2022년 올해 시부모님은 구순이 됐다. 큰 병이 없으니 건강하다고 하지만 나이는 속일 수 없어 몇 달 만에 만나면 확연히 그 모습이 다르다.

두 분 모두 저 나이가 되기 훨씬 전에는 우리 집에 오시면 살림을 도맡았다. 매월 마감을 하느라 며칠씩 야근을 하는 나를 대신해 함께 아이를 돌보며 어머니는 주방을 책임졌고, 아버님은 청소등 집안의 자질구레한 일들을 도맡았다. 아침에 나가 밤에 들어오니 주방에 들어갈 새가 없었지만, 어머니가 오시면 나는 거의 주방에 가지 않았다. 아이가 학교 간 사이 두 분은 가까운 백화점도 가고, 남대문시장도

가곤 했다. 지방에 사는 두 분의 정기적인 서울 나들이는 근 10년 남짓 이어졌다.

아이가 크고, 내가 직장을 그만두고 독립하자 두 분의 정기적인 서울 나들이도 끝났다. 대신 명절이나 그 외 나의 출장 등이 있을 때 올라오셔서 짧게는 사나흘, 길게는 일주일 정도 묵으셨다. 그때도 나는 어머니에게 주방을, 아버님에게는 집안의 소소한 일들을 맡겼다. 어머니가 차려주는 밥상은 언제나 밥 한 그릇 뚝딱하게 만들었고, 아버님은 꼼꼼하게 이런저런 집안일을 챙겨주셨다.

사실 나는 어머님보다 아버님께 더 많은 일을 '시켰다'. 그런 나를 보고 친정엄마는 시아버지를 종그래기 부리듯 한다며 나무랐지만, 아버님은 단 한 번도 내가 요청한 일에 대해 '노'라는 말을 하지 않으셨다. 그러면서 나는 두 분께 일을 배웠다.

지금의 시골로 들어와 살게 된 후 두 분은 일 년에 한두 번 오셨다 구순을 넘기면서는 오시지 못하고 있다. 더 이상 돌볼 아이도 없고, 그새 퇴직한 남편은 이제 아버님보다 더 많은 집 안팎의 일을 하지만, 여전히 두 분이 오시면 나는 이런저런 일을 또 '시킨다'. 화분에 물을 좀 주시라, 마늘 좀 까

달라, 풀 좀 뽑아달라 한없다.

점점 더 연로해진 두 분의 일은 더디기 짝이 없다. 나나 남편이 하면 후딱 해치울 일이기도 하다. 그래도 나는 일거리를 드린다. 주체적으로 하실 수 있으면 좋겠지만, 당신네 집이 아니니 어쩔 수 없다. 그분들에겐 가만히 계시라는 말보다 소일거리가, 그래서 자식을 돕는 일이 더 즐겁다는 것을 나는 안다.

가만히 있으라. 이 말은 상당히 폭력적이다. 가만히 있으라는 말에는 상대의 생각과 행동을 차단한다는 것을 내포하고 있다. 무시와 억압과 소외가 따를 수밖에 없다. 그에 따른 결과는 상처와 비극을 초래한다. 가만히 있으라는 말에 꽃 같은 아이들이 당하는, 어처구니없는 폭력을 우리는 목도하지 않았나.

지난 설 때 저녁을 먹고 나서 두 분께 일거리를 드렸다. 손맛 좋던 어머니 기억도 되살릴 겸 어머니 지휘 아래 남편이 통삼겹을 썰고 어머니가 파를 썰면, 아버님이 꼬치를 꿰는 일이었다. 구순 부모와 머리 허연 아들이 고기가 두껍다, 파를 옆으로 누워서 꿰라, 이렇게 해야 모양이 더 좋다 야단법석이었다. 나는 설거지를 하며 가끔 훈수만 뒀다. 그러느라 밤이 훌쩍 깊어졌다. 텔레비전 앞에서 꾸벅꾸벅 졸다 깨다 했을 두 분의 시간이 간만에 가득 찼다.

뛰는 아이에게 가만있으라고 하면 울음보를 터뜨린다. 평생 몸을 쓰며 살아온 노인에게 편하게 지내라며 가만히 있으라는 것은 일종의 폭력이다. 아마 그분들은 속으로 그렇게 말할 것이다. 너도 늙어봐라. 사지 멀쩡한데 손 놓고 가만있고 싶은지.

#23 나를 살리는 책방

배추 80포기를 뽑아서 절이고, 찹쌀풀을 쒀서 식히고, 북어대가리와 파뿌리 등을 넣어 한솥 끓이고, 김치속을 만들어 버무리기까지 5일이 걸렸다. 그동안 하루는 책방에서 에세이창작수업을 하고, 하루는 문화재단으로 달려가 치유의 글쓰기 수업, 또 하루는 피아니스트 송윤원 독주회, 또 하루는 뮤지컬 작곡가 박신애와 작사가 이환, 성악가 지선옥, 싱어송라이터 한승진, 한수연, 김남윤 등이 펼치는 자연에세이음악회, 또 하루는 독서모임을 진행했다.

시골책방이 이렇게 매일 분주할 리 없는데 어쩌다 보니 나는 마당과 책방을 종종걸음으로 오가고 있었다. 그 사이 사방에 펼쳐진 커다란 나무들은 하루가 다르게 잎을 떨구었다. 걸음을 멈추고 잠깐 하늘 한번 올려다보며 크게 숨을 크게 들이쉬었다. 참 좋구나.

도시 생활을 접고 시골로 들어와 책방을 시작한 지 어느새 5년. 마치 이곳에서 평생을 산 것처럼 생활은 익숙하지만 매일 펼쳐지는 풍경은 언제나 새롭다.

시골에 책방을 차린 이유는 단순했다. 은퇴 후 시골에 살고 싶었고, 이왕이면 책방을 차려놓고 누군가 오면 같이 커피 한잔하면 좋겠다 싶어서였다. 그러나 책방이 있는 곳은 시골 마을 끄트머리. 종일 사람 한 명조차 지나가지 않았다. 그래도 좋았다. 바람과 햇살들이 매일 자연을, 나를 바꾸고 있었다. 보고 싶은 책들은 사방에 널려 있고.

어느 날 후배 작가와 함께 북토크를 했다. 경기콘텐츠진흥원, 한국작가회의, 한국출판문화산업진흥원 등의 서점대상 지원사업에 참여하면서 작가 초청 행사를 진행했다. 조용한 책방에 사람들이 찾아왔다. 힘을 얻어 자체적으로 작가 초대, 클래식 콘서트를 열었다. 폭을 넓혀 야드세일, 그림전시, 요리교실, 시낭송, 마을길 걷기 등을 기획 진행했다. 그러면서 매주 독서모임과 에세이창작수업을 했다. 만 4년 동안 이런저런 공지가 나간 것만도 300회를 훌쩍 넘겼다. 같은 용인 지역 책방들과 힘을 모아 서울과 경기, 충청 등의 30여 책방을 초대, 우리 동네 용담 호숫가에서 2022년 한 해 두 번이나 동네책방축제도 열었다.

행사가 없는 날의 책방은 조용하다. 가까운 베이커리 카페와 체험 카페들이 주차전쟁을 일으키는 것과 대조적이다. 그래도 이곳까지 찾아와 음악을 듣고 눈물을 흘리는 이는, 창가에 혼자 앉아 책을 읽다 가는 이는 어제와는 다른 내일을 살아간다. 매주 독서모임을 하는 이들과 글쓰기를 하는 이들은 마음의 풍경을 넓히고 깊이를 더한다. 물론 겉모습이 달라질 리도 만무하고, 유명 관광지처럼 다녀왔다고 자랑할 것도 없다. 그러나 스스로는 안다. 살아갈수록 흔들리는 삶의 축을 바로세우고 있는 자신을.

삶은 외롭다. 그래서 나는 책방을 구실로 이런저런 일을 도모하는지도 모른다. 책방, 시골책방을 하는 것은 고독하다. 그래서 신발이 흙투성이가 되도록 걷고 종일 책 속으로 파고들기도 한다. 얼마나 다행스러운가. 자연이, 책방이 나를 살리는 중이다.

#24 오늘을 살아갈 뿐

J 선생님과 오랜만에 통화를 했다. 4년 만이었다. 4년 전, 선생님은 밝고 환한 목소리로 전화하셨다. 어찌나 그 목소리가 좋았는지 나는 한동안 그 기운에 묻어 살았다.

오늘 선생님과 문자를 주고받다 아무래도 목소리를 듣고 싶어 전화를 했다. 전화를 받지 않은 선생님은 두 시간쯤 지난 후 전화를 걸어와 전화했네, 하셨다.

선생님은 먼저 내가 보내드린 시집 『전화번호를 세탁소에 맡기다』와 산문집 『나는 이제 괜찮아지고 있는 중입니다』를 한꺼번에 낸 것에 대단하다며 칭찬의 말씀을 하셨다. 그리고 용인이란 곳에 시골이 있느냐, 책방 하면서 사는 게 힘들지 않느냐 등등 나의 안부를 먼저 물으셨다.

왠지 선생님의 목소리가 안 좋았다. 사실 문자에서도 그런 느낌이 있었다. 선생님은 말씀하셨다.

"내가 이제 나이를 먹으니 지금 하는 일은 정리하는 일이에요. 책을 내는 일도 새로 쓰는 게 아닌 정리하는 일이에요. 새 책이 나오면 새로운 걸 쓴 것이 아니라, 다시 정리하면서 낸 것이구나 그리 아시면 돼요. 무엇을 계획하거나 할 수 있는 게 없어요. 우리가 만난 게 내가 40대지요? 그때는, 생각하면 참 젊었어요. 그때가 참 좋았어요. 70대가 되니 다른 사람들만큼 병도 오고. 그래도 돌아갈 수 없으니 어쩌겠어요. 벌려놓은 걸 정리하고 가야지요. 임후남 씨도 더이상 젊지 않지요?"

아, 내가 아는 선생님은 이런 분이 아니었다. 선생님 앞에서 100세 인생 같은 말을 할 처지가 나는 못 되었으므로 네, 네, 그래도 선생님, 네, 이런 말만 하다 전화를 끊었다. 선생님의 밝은 목소리로 기운을 차렸던 때가 사무치게 그리웠다.

선생님과 통화를 한 지 하루가 지났지만 선생님의 목소리가 내내 맴돈다. 아침나절, 마당의 풀을 뽑고 화단을 정리하면서도 선생님을 생각했다. 위중한 병이 아니더라도 선생님 말대로 노화와 함께 이런저런 병이 왔을 것이고, 코로나 시국에 외출도 쉽지 않았을 것이고, 사람들 만날 일도 예전 같지 않았을 것이고, 그러다 울적한 시간이 많았을 것이고.

2021년에 떠난 소설가 박기동 선생님과 시인 최정례 선생이 생각났다. 최정례 선생과는 병석에 있을 때도 때때로 문자와 통화를 했었던 터라 그 황망함이 더 컸었다.

몸과 마음이 건강할 때는 무슨 말이든 서슴없이 한다. 운동을 하라, 몸에 좋은 걸 먹어라, 열심히 살아라 등등에 이어 재테크를 하라까지. 건강할 때는 그래서 서슴없이 행동하기도 하고, 흉내 내며 살아가기도 한다.

그러나 몸과 마음이 건강하지 않을 때는 모든 것에 쭈뼛거리게 된다. 쭈뼛거리기는커녕 흉내도 내지 못한다. 그런 상태에 있을 때 건강한 이들이 서슴없이 하는 말은 때때로 상처가 된다. 조언한답시고 하는 말이 오히려 상처가 되기 때문이다. 이렇게 해라, 저렇게 해라. 대체 그걸 할 줄 몰라서 못하는 사람이 어디 있단 말인가. 요즘 같은 정보가 널린 시대에.

내가 선생님의 나이가 안 되었으므로, 내가 선생님 처지가 안 되었으므로. 그러니 나는 선생님의 말씀을 그저 네, 네, 하면서 듣고 있을 수밖에 없었다. 그렇다고 같은 나이라고 해서, 살아봤다고 해서, 건강하다고 해서, 아파봤다고 해서 아는 것도 아니다. 누구나 다 다르기 때문이다. 그러니 아는 것이 없는 것이다. 그저 오늘의 나를 살아갈 뿐이다.

#25 느림보여행, 전국을 걷기로 한 할아버지

아침나절 단골 할아버지가 감자를 잔뜩 갖고 오셨다. 농사지으신 거냐고 물었더니 당신도 얻은 거라고 하셨다. 그러면서 덧붙이셨다.

"이렇게 갖다 줄 데가 있으니 얼마나 좋아."

시원한 매실차 한 잔을 주문하더니 며칠 전 주문한 『느림보 여행』을 찾으셨다. 전국의 걷기 여행을 소개한 책을 찾아달라고 하셨는데, 『느림보 여행』은 10여 년 내가 한창 걷기에 빠졌을 때 만든 책이다. 그때 나보다 먼저 제주올레길을 비롯해 전국을 걷던 블로그 닉네임 '느림보'를 만나 걷기 여행 책을 제안했고, 그래서 만든 책이 『느림보 여행』이었다.

『느림보 여행』은 제주올레길 붐이 일 때 제주올레길이나 지리산둘레길 같은 잘 알려진 곳을 뺀 강릉, 예산, 익산, 청주 같은 전국의 23곳 걷기 좋은 길을 소개한 책이다.

책 소개 중에는 이런 대목이 있다.

걷기 여행의 진정한 맛은 길에서 만나는 사람. 차를 타고 목적지까지 가는 동안 우리가 만나는 것은 교통체증이거나 내 앞으로 끼어드는 차뿐이다. 그러나 걷기 여행을 하면 길가에 핀 민들레꽃도 볼 수 있고, 달랑 의자 하나 내놓고 커피를 마실 수 있는 카페도 만날 수 있으며, 시골 오일장에서 걸쭉한 사투리로 발길을 붙잡는 사람도 만날 수 있고, 길에서 처음 만나 막걸리 한 사발 같이 나눌 수 있는 동행자도 만날 수 있다.

이 책을 만들 때 나는 이 책을 따라 걷겠다고 생각했다. 강릉, 전주, 울릉도 등 몇 곳은 여행 삼아 갔다 걷기도 했지만 제주올레길에 빠져 있을 때였으므로 제주도로 달려가기에도 바빴다.

시원한 매실차를 건네고, 책을 찾는데 할아버지가 말씀하셨다.

"내가 이번에 나온 『나는 괜찮아지고 있습니다』를 보다 눈물이 났어요."

아이고, 이게 무슨 소린가.

"아니, 어디서 눈물이 나셨어요?"

"그냥 읽다 보니 ……. 지난 장마 때 집 공사하는 거 내가 다 봤잖아. 그때 얼마나 고생했어요. 그런 것도 다 알고 나니 책을 읽는데 그냥 읽혀지지가 않더만."

나도 찔끔 눈물이 나는 걸 참았다. 그리고 고개를 숙이고 연신 고맙다고 말했다.

할아버지가 말했다.

"내가 더 늙으면 할 일이 없을 거 아녜요. 사업을 다시 시작할 것도 아니고. 그럼 뭐 할 일이 없잖아요. 술 먹는 것도 하루이틀, 누워 있는 것도 허리 아플 것이고. 친구들도 하나 둘 떠날 것이고. 그럼 뭘하겠어요. 그래서 걸으려고요. 이곳 저곳 전국을 걷다 길에서 죽었으면 해요. 그렇게 가고 싶어요. 근데 책을 보니 걷는다는 말이 참 많이 나오더만요. 난 이제 임 선생을 내 걷기 스승 삼아 걸으려고 합니다."

무슨 말이 쉽게 나오지 않았다. 아이고, 네, 네 하다 물었다.

"실례지만, 지금 연세가 어떻게 되세요?"

"올해 예순여섯."

내가 가보지 않은 나이. 뭐라 말할 수 없었다. 가봤어도 저마다 다른 길. 또 뭐라 말할까. 그러나 걷기의 스승이라는 말은 좀 과하다 싶어 아니라고 했더니 한마디하셨다.

"어쨌든 나보다는 많이 걸었을 거 아니요. 그러니 스승이지! 나 밖에서 좀 놀다 갈게요."

할아버지가 나간 후 한동안 유리창 너머로 보이는 숲을 보았다. 조금이라도 틈만 나면 배낭을 메고 떠났던 시절, 발가락에 잡힌 물집을 빼고 다시 걷던 시절, 족저근막염으로 고생하던 시절들이 순간 지나갔다. 그때 그렇게 걷지 않았다면 나는 어땠을까. 모든 것은 역시 한때다. 그 시절을 지나고 또 다른 시절도 지나고, 지금에 이르렀다. 지금 이렇게 살지 않았다면 어땠을까, 가끔 생각하기도 한다. 그러나 분명한 것은 이렇게 살기를 백번 잘했다는 것.

할아버지는 언제쯤 길을 떠날까. 나이 들면 걷기는 더 힘든데. 근데 예순여섯 밖에 안 됐는데 할아버지라 부르기에는 너무 젊지 않은가? 물론 할아버지 앞에서는 선생님이라고 부르지만.

#26 안부가 궁금한 손님들

누군가를 생각할 때 그가 마침 연락이 올 때가 있다. 그럴 때면 텔레파시를 믿지 않을 수 없다.

오늘도 그런 날 중 하나다. 그야말로 불현듯 그가 생각났다. 그런데 오후에 그가 책 주문 문자를 보냈다. 아마도 라디오에서 우연히 들은 책이었던지 책 제목이 틀렸다. 그래도 이렇게 저렇게 알아보니 어떤 책인지 알 수 있었다.

그는 두세 달에 한 번씩 바람처럼 와서는 커피 한 잔을 마시고 책 한 권을 사가거나, 아니면 문자로 책을 주문하고서는 역시 책이 온 후 바람처럼 다녀간다. 그가 주문한 책들은 대부분 책방에 없는 것들이다. 그는 주로 라디오나 신문을 보다 책 이야기가 나오면 그것을 주문한다고 했다. 그러다 보니 때로는 라디오에서 흘려들은 것이라 정확하지 않을 때가 많다. 오늘 같은 경우다. 때로는 작가와 출판사도 정확하지 않을 때가 있는데 그럴 경우에도 이렇게 저렇게 맞춰보면 나온다.

솔직히 언제나 이것이 좋은 것은 아니다. 책방 일이 언제나 한가한 것은 아니어서 나름 바쁘고 정신없을 때 책 제목도 정확하지 않은 책 한 권을 주문받는 일은 짜증이 나기도 한다. 그럴 때면 나는 그가 처음 이곳에 왔을 때를 생각한다.

"오늘까지 못 찾으면 내가 다시는 찾지 않으려고 했어요. 요 앞까지 몇 번을 왔다가는 못 찾고 헤매고 갔었거든요. 그래도 얼마나 다행이야, 찾아왔으니."

책방 이야기를 듣고 무작정 우리 동네로 와서 책방을 찾았는데 몇 번을 그냥 돌아갔다는 그가 우리 책방에 들어서서 한 말이었다. 그의 웃음이 어찌나 선한지 나는 단박에 그가 좋아졌다.

그는 책방에 앉아 커피 한 잔을 시켜놓고 이 책 저 책 훑어보다 서가에서 법정 스님의 책을 꺼내 읽었다. 판매용 신간이 아니므로 읽어도 되는 책이었다. 그는 오래 앉아서 책을 읽다 말했다.

"이거 살 수 있어요?"

내가 읽었던 책들을 꽂아놓았던 서가의 책들은 굳이 판매하지 않는데, 왠지 그에게는 판매하고 싶었다. 헌책이니 가격은 저렴하게.

이후 한 번은 그가 머리를 긁적거리며 말했다.

"혹시 믹스커피 줄 수 있어요? 통 써서 못 먹겠어."

"그럼요!"

나도 그가 아직 낯설고, 그 역시 책방과 내가 낯설 때였다. 딱히 다른 걸 고를 줄 몰랐던 그는 아메리카노를 시켜서 마시긴 마셨으나 그 쓰디쓴 커피가 입맛에 안 맞았던 모양이다. 나는 그를 위해 믹스커피를 한 박스 사다 놓았다. 나는 그에게 커피값을 받지 않기로 했다. 그러면 가끔 그는 말한다.

"혹시 커피 3천 원어치만 주실래요?"

그러면서 3천 원을 그는 내민다.

그가 무슨 일을 하는지, 나이는 몇이나 되었는지, 어디에 사는지 알지 못한다. 다만 그는 우리 책방의, 나의 열렬한 지지자라는 것이다. 내가 쓴 글을 읽고 그는 가끔 문자를 보낸다. 책방을 해줘서 고맙다, 언제까지나 자리를 지켜주길 바란다는 등의 내용이다.

그가 다녀간 것이 지난가을, 그러니까 벌써 4개월이 지났다. 마지막으로 다녀갔던 날, 그는 회사를 그만둬 차가 없다고, 용인시내에서 버스를 타고 왔는데 아주 오래 걸리더라고, 오기가 쉽지 않겠다고 했었다. 그러면서 바람처럼 어딘가를 떠돌고 싶다고도 했다. 그러니 나로서는 그의 안부가 궁금할 밖에.

책방 손님 중에는 가끔 이렇게 그리운 이들이 있다. 그러나 안부를 묻기가 참 그렇다. 책방주인의 슬픔이라고나 할까.

2부

#1 호사로운 격리생활

결국, 비껴가지 못하고 나도 코로나 확진자가 됐다. 일일 확진자가 35만 명을 넘나들 때였다. 당시 서울에서 혼자 생활하던 아들이 확진을 받아 집에 와 있었다. 남편이 차를 갖고 가서 데리고 와 아들은 3층에서, 우리는 2층에서 생활했다. 아들과 나는 얼굴도 마주치지 않았다. 계단참에 음식이 든 쟁반을 갖다놓으면 아들이 갖고 올라가곤 했다.

처음엔 목이 따끔거렸다. 자가 키트 결과는 음성이었다. 이튿날 목이 더 아팠다. 면봉을 더 깊숙이 찔러 검사했다. 여전히 음성이었다. 타이레놀을 먹고 PCR 검사를 받으러 갔다. 보건소에서도 자가 검사를 했을 때는 줄 하나가 희미했다. 그러나 다음날 결과는 양성이었다.

남편은 내가 확진 판정을 받은 즉시 PCR 검사를 받았다. 다행히 음성이었다. 책방은 남편이 지키고, 나는 3층으로 컴퓨터를 갖고 올라갔다. 아들은 내가 확진을 받은 날 격리가 끝나 서울 자기 방으로 돌아간 터였다.

격리를 한다고 했지만 그래도 밥을 해 먹어야 하니 주방이 있는 2층을 내려오지 않을 수 없었다. 나는 소독제를 갖고 다니면서 움직이는 곳마다 뿌려댔다. 다행히 인후통만 심할 뿐 몸살이나 열은 동반하지 않았다. 독서 모임과 수업, 회의는 모두 줌으로 했다. 7명이 줌 회의를 할 때는 7명 중 3명이 확진자였고, 수업을 듣는 한 친구는 5인 가족 중 4명이 확진이라고 했다.

시골책방이라 사실 평소에 손님이 거의 없다. 그래도 가끔 손님이 한둘 왔었는데 내가 격리하는 동안 마지막 날 하루를 빼고는 손님이 단 한 명도 없었다!

봄이라 햇빛은 따스했다. 손님 없는 책방을 지키고 있던 남편이 하루는 조각 널판에 오일 스테인을 발라 테이블 하나를 만들었다. 3층에서 책을 읽던 나는 좀이 쑤셔 견딜 수가 없었다. 어차피 손님도 없고, 야외가 아닌가. 특히나 봄에는 책보다 마당이 더 궁금한 계절.

나는 뛰쳐나가 목장갑을 끼고 전지가위를 들었다. 겨울 정원을 빛내주던 수국 꽃을 잘랐다. 꽃이 지고 나서 잘라야 이듬해 더 풍성한 꽃을 본다고는 하는데, 나는 정원이 쓸쓸한 겨울을 위해 남겨뒀던 터였다. 그리고 화단 사이 검불을 긁어냈다. 세이지 뿌리가 있는 곳에서는 단내가 났다. 3월이어도 오래 밖에서 일하다 보니 등에서 땀이 났다.

하루는 냉이를 캐서 묵은김치를 송송 썰어 넣고 국을 끓여 먹기도 하고, 아직 두꺼운 얼음장 아래로 쏟아지는 계곡가에 쭈그리고 앉아 물소리를 들었다. 그러는 동안 격리 기간이 끝났다. 방 한 칸에서 꼼짝없이 갇혀 지내야 하는 이들에 비하면 호사로운 격리였다.

격리 마지막 날 저녁, 자축 의미로 맥주 한 캔을 땄다. 한 모금을 들이마시고 나도 모르게 눈을 감고 탄성을 내질렀다. 대단한 애주가는 아니지만 입안으로 달착지근한 맛이 착 감겼다. 흔하디흔한, 그래서 싱겁다 어떻다 말 많은 우리나라 맥주였음에도 불구하고.

시골로 들어올 때 사람들이 걱정했다. 나이 들면 병원 가까이서 살아야 한다고. 인적 없는 숲속에 책방을 차렸을 때 사람들이 염려했다. 누가 온다고. 그들의 걱정과 염려를 존중했지만, 그들의 생각에 동의하지 않았다. 그동안 살아온 삶도 안갯속 같았고, 앞으로도 그럴 것이다. 그렇다면 하고 싶은 걸 하고 살다 죽어야 하지 않겠는가 싶었기 때문이다. 덕분에 나는 호사로운 격리생활을 마치고 다시 책방으로 내려왔다.

#2 목련꽃 아래에서

친구와 선배들이 다녀갔다. 밤새 웃느라 눈가가 아팠다. 아침에 마을 길을 걷다 산길로 들어갔다. 강원도 깊은 산속에 들어온 듯한 풍경. 사람이 거의 다니지 않아 낙엽이 그대로 쌓인 길은 걸을 때마다 바스락 소리가 났다.

소나무들과 아직 새순이 터지지 않은 나무들을 지나는데 어느 순간 잎을 틔운 봄 나무숲이 펼쳐졌다. 동화 속 풍경 같았다. 만약 이렇게 살지 않았다면 다시 이어지지 않았을, 그냥 풍문으로 소식을 듣거나 장례식장이나 결혼식장에서 마주쳤을 인연들. 기꺼이 찾아와 옛날이야기와 지금의 삶을 이야기하는 동안 나는 때때로 가슴이 젖었다.

오래전 한때의 사람을 오늘의 사람으로 다시 만나는 순간들이 있다. 내가 알던 사람과 다른 낯선, 그래서 더 새로운 사람들. 그들의 삶은 멈추지 않는다. 물론 살아 있는 모든 이들의 삶은 멈추지 않는다.

그러나 낯설게 오늘을 살고 있는 이들의 발걸음은 다르다. 산길을 내려올 때 한 친구가 팔을 휘저으며 앞으로 먼저 걸어나갔다. 그는 보폭이 컸다. 그의 인생 보폭도 크다. 그는 저 앞, 내가 다다를 수 없는 세상에 훌쩍 가 있다. 사회적으로 크게 성공했다. 그의 발걸음을 재촉한 건 무엇이었을까 문득 생각했다.

남성 위주의 사회에서 남성의 보폭을 앞지르며 달려나가는 동안, 때로는 의식적으로 때로는 무의식적으로 달리는 동안 그가 입은 상처의 깊이는 얼마일까. 그러나 모든 상처는 아물게 마련. 나의 상처들처럼.

잠깐 그런 생각을 하는 동안 어느 틈엔가 그가 멈추고, 나도 멈추고, 뒤따라오던 선배들이 멈췄다. 아주 큰 목련나무 아래였다. 오늘이 절정인 목련꽃을 다 같이 목을 젖히고 바라보았다. 다시는 보지 못할 꽃. 다시는 이렇게 목련꽃 아래에서 함께 서 있지 못할 사람들.

친구가 노래했다.

오 내 사랑 목련화야 / 그대 내 사랑 목련화야

희고 순결한 그대 모습 / 봄에 온 가인과 같고

추운 겨울 헤치고 온 / 봄 길잡이 목련화는

새 시대의 선구자요 / 배달의 얼이로다

경희여중을 나온 나는 엄정행의 '목련화'를 교가 이상으로 듣고 불렀다. '목련화'는 경희대 조영식 총장의 작사였고, 엄정행 선생은 경희음대 교수였다. 그러나 나는 친구의 노래를 따라 부르지 않았다. 가만 그의 노래 속으로 들어가 그를, 나를 토닥였다.

돌아오니 후배가 친구들과 근처 용담호수에서 밤새 낚시를 하고 와 있었다. 그 역시 이렇게 살지 않았다면 다시 만날 수 없는 인연.

그들이 모두 떠난 자리에서 나는 다시 혼자가 되어 뜨거운 봄 햇살을 등에 지고 앉아 계곡 물소리, 새소리, 바람 소리를 들었다. 사방이 따뜻했다. 이제 이곳도 진짜 봄이다.

#3 쓸쓸해져야 보이는

갑자기 친구가 왔다.

텃밭에서 쌈채소를 따고, 열무를 좀 솎았다. 바닥에 야채를 잔뜩 깔고 밥을 얹은 후 다시 열무싹을 얹었다. 토마토와 계란을 곁들이고 비빔장, 들기름, 참기름, 통깨를 휙 뿌려서 마당으로 나갔다. 바람이 많이 불어 보리밭이 출렁였다.

사람이 보이는 때는 내가 조금은 쓸쓸할 때. 이곳에서도 때때로 번잡할 때는 나도, 사람도 보이지 않는다. 이런저런 일을 한다고 벌여놓은 것을 미루고 바람소리를 들으며 친구의 다정한 목소리를 들었다.

일을 하면서 지치는 것은 사람 때문이다. 일을 하는 이들은 다정하지 않다. 책방에서 혼자 놀 때와 일할 때의 나는 다르다. 정신 차리고 일을 해야 하는 일들. 특히나 돈벌이와 관계된 일들 앞에서는 말투도 달라진다.

며칠 전 내가 돈을 좀 받고 하는 일 이야기를 하는데 내 목소리와 말투가 달라진 것을 순간 확 느꼈다. 일할 때는 이렇게 똑바르게, 또박또박하지 않으면 안 된다는, 일할 때의 나의 습관 같은 게 불쑥 튀어나온 것이다.

어느새 나는 허리도 곧추세우고 있었다. 그런 내가 몹시도 낯설었다. 오랫동안 한 일들이니 사실은 내게는 낯선 일도 아닌 그 일들 앞에서 나는 상대에게 뭔가 아는 척, 이렇게 하지 않으면 안 되는 척, 그래서 이것이 정답인 척, 척척척, 또박또박 말했다.

그러자 나는 시골책방이 아닌, 서울 어느 한 사무실에서 하이힐을 신고, 립스틱도 좀 바르고, 명품백 하나 들고 달려나가고 있는 것 같은 느낌을 받았다. 욕망을 가득 품은, 아직 젊은, 각박한 나.

어제까지는 그 실체가 뭔지 잘 몰랐다. 그런데 오늘 친구의 다정한 목소리를 들으면서 내 마음이 불편했던 이유를 알았다. 나는 다시 각박한 세상에 나가 있는 것이었다. 이 조용하고 아름다운 곳에서.

쓸쓸한 시간을 일부러라도 만들어야 살 수 있구나, 생각했다. 바쁘게만 지내다 보면 나를 보지 못한 채 달려갈 수밖에 없으므로.

#4 사라지는 것들

비 오는 아침, 마당 한쪽에 앉아 아침을 먹다 하염없이 앉아 있다. 높이 자라 온몸을 쭉쭉 펴고 있는 들깨를 한참 바라보다 비가 와도 꼿꼿이 서 있는 연한 보라빛 벌개미취꽃도 한참 바라본다.

눈을 돌리면 곳곳이 눈에 익은 것들. 매일 보는 풍경이니 당연하다. 그런데 조금씩 매일 다른 풍경으로 내 눈을 유혹한다. 오늘은 이것이, 내일은 저것이. 그러니 마당에서 하염없을 밖에. 그렇다고 이것들이 언제나 있는 것은 아니다.

사라지는 것들은 꽃뿐만이 아니다. 더불어 풍경이 사라지고, 사람도 사라진다. 젖었던 것들도 해가 뜨면 사라지고 비가 오면 다시 젖어 마른 것들은 사라진다. 큰 나무는 얼마나 자랐는지 가늠할 수 없다. 속이 깊은 이의 속을 알 수 없는 것처럼. 나무의 몸통이 얼마나 굵어졌는지 모르지만 그 곁의 가지들을 보면 그것들이 얼마나 자랐는지 알 수 있다.

사람 속을 모르지만 그가 내뱉는 언어와 그의 몸짓에서 그의 속을 조금 본다. 그래도 나무의 뿌리가 얼마나 어디로 뻗어 있는지 모르듯, 사람은 모른다. 나도 나를 모른다. 젖은 날은 젖은 채로, 마른날은 그냥 마른 채로 지내면서 점점 사라지기 위해서 살아낼 뿐.

어제 독서모임에서 살면서 소유하고 간직하는 물건에 대한 이야기를 나누었다. 그러다 문득 몇 년 전 한 친구가 했던 말이 떠올랐다. 그는 오랫동안 물건을 소유하고 있다는 것은 그만큼 삶의 기복이 없었다는 것이라고 했다.

30대 초반 외국으로 갔고, 그곳에서 그는 이런저런 일을 겪었다. 생활이 불안정했다. 그러니 물건들을 소유할 수 없었다. 꼭 필요한 것들 외에는.

주변을 돌아본다. 곳곳에 나를 둘러싼 물건들, 그리고 서랍 속에 가득한 평소 보이지 않는 물건들.

그것들은 저마다 이야기가 있다. 언제 어떻게 이곳으로 와서 나와 함께하는지 기억을 불러일으키는 것들도 적잖다. 물론 대체 이건 언제 내게로 왔지 싶은 것도 있고.

물건은 함께 생활하면서 애정이 깃들 수밖에 없다. 버려야 할 것들이 버려지지 못하는 이유다.

나이 들수록 더욱 버리지 못한다. 정든 것과는 별개로 언젠가 쓸 것 같아서 버리지 못하는 것들도 많다. 시골생활을 하다 보니 살림은 안팎으로 늘어난다. 그러다 어느 날 갑자기 버려야 하는 순간이 온다. 마당의 풍경이 바뀌면서 사라지는 것처럼 나도 사라질 것이기 때문에. 갖고 있던 것들을 잘 정리하는 것도 죽음을 준비하는 것이다.

비 오는 마당을 슬슬 걸어봐야겠다.

#5 소박하면서 품위 있는

마당 한쪽에 가득한 벌개미취 꽃가지 몇 개를 잘라 도예가 지숙경의 그릇에 담고 휴대폰으로 사진을 찍었다. 그릇이 들꽃과 어울리는 것은 지숙경의 그릇이 흙 본연의 모습인 소박함을 갖고 있되 품위가 있기 때문일 것이다. 소박하면서도 품위 있는 삶이란 저런 들꽃을 품을 수 있는 가슴이어야 하지 않을까 생각했다.

지숙경의 그릇이 하루이틀에 만들어지지 않은 것처럼 그런 가슴 역시 하루아침에 만들어질 리 만무. 사진을 보다 보니 그릇에 물방울이 떨어진 것이 보인다. 정작 그릇 속 물은 보이지 않는데.

반짝이는 물방울이 눈에 띄지만 그것은 곧 말라 흔적도 없이 사라질 터. 순간을 살되, 순간만을 위해 살면 안 되는 것처럼. 그래도 순간을 일생인 것처럼 살아야 하는. 그러다 보면 결국은 흙이 되겠지만, 사는 동안 품위를 지키면서 살 수 있지 않을까.

#6 사람 속을 보는 글쓰기

아침 일찍 열무를 뽑았다. 시골 사는 가장 큰 즐거움 중 하나는 이렇게 바로 흙에서 나는 것을 먹는다는 것. 마트에 진열된 잘 다듬어진 것과는 다른.

며칠 전, 에세이 수업을 듣는 친구가 물었다.

"가르치는 게 재밌으세요?"

"가르치는 게 재밌는 게 아니라, 사람 속을 보는 것이 재밌어요."

툭 튀어나온 말이다. 물론 글쓰기를 가르친다. 문장은 어떻고, 구성은 어떻고. 그러니 이렇게 고치는 게 어떠냐, 저렇게 이야기하는 게 어떠냐 말이 많다. 이런 일은 편집장 시절, 수없이 했던 일이다.

이곳에서의 에세이 쓰기 수업은 다르다. 툭 튀어나온 말처럼 사람 속을 보는 것이다. 자기 속을 드러내는 글이다 보니 글쓴이, 그를 본다.

기자 시절, 사람을 만나는 것이 좋았다. 그래서 그 일을 재미있게 했다. 책방을 차린 것도 사람을 만나고 싶어서였다. 누가 올지 모르지만, 책방을 하면 누군가 문 열고 들어오기 때문이다.

에세이 쓰기 수업을 하면서는 더 은밀하고 깊게 만난다. 그렇다고 그 글을 쓴 사람을 다 알 수는 없다. 아주 단편일 뿐이다. 따라서 이해도 불가능하다.

사람들이 쓴 이야기에 나는 쏙 빠져든다. 그렇구나. 그랬구나. 그럴 수도 있구나. 그러다 보니 그들 속으로 쑥 들어간다. 함께 웃고, 함께 울 수밖에 없다. 가르치는 것이 아니라, 결국 사람을 만나는 일. 그래서 좋다.

이쯤 되면 내가 사람을 못 만나 안달 난 것처럼 보일 수도 있지만, 그럴 리가. 사람이 무서울 때도 있다. 시골에 들어와 책방을 하는 이유도 어쩌면 사람들을 피해 들어온 것일 수도 있다.

그런데도 나는 사람이 좋다. 책방에 오는 사람이 좋다. 그들은 갓 뽑은 열무처럼 흙 묻은 맨몸으로 만난다. 아, 이러니 이곳에서 만나는 사람이 좋을밖에!

#7 수크령처럼

잡초가 무성한 집 앞 너른 땅에 수크령이 한창이다. 곳곳에 무더기로 피어난 모습이 장관이다. 오늘은 장화를 신고 그 안으로 뚜벅뚜벅 걸어들어갔다. 장화를 신어도 조금 겁이 났다. 풀숲에 무엇이 있는지 알 길이 없기 때문이다. 들판 앞에 서자 조금 더 멀리, 뚜벅뚜벅 걸어가고 싶은 욕구가 일었다. 그러나 두려움이 발목을 잡았다.

조금 가까운 곳이 어딜까 눈 짐작을 하고 걸어갔다. 환삼덩굴을 장화로 헤치고 나가 가위를 들고 수크령 꽃을 잘랐다. 자르는 동안에도 환삼덩굴이 장화를 붙잡았다. 처음엔 가지 한 개씩 자르다 몇 개를 붙잡고 한꺼번에 싹둑 잘랐다.

한 움큼이 되었다. 조금 더 걸어가면 더 많이 잘라낼 수 있겠다 싶었다. 그러나 얼른 뒤돌아 걸었다. 사방의 풀숲은 여전히 오금을 저리게 했다. 이 정도도 충분했다.

유리 화병에 담았다 옹기 화병에 옮겨 심었다. 키가 작은 옹기 화병이라 아래를 싹둑 더 잘랐다. 어디에 놓을까, 화병을 들고 이리저리 책방 안을 서성이다 커다란 테이블 위에 올렸다. 이쪽에서 한 번 보고, 다시 저쪽에서 한 번 보고. 조금 앞으로 옮겨 놓았다 다시 뒤로 당겨 놓고. 그러다 멀리에서 보고 가까이에서 보고. 까슬까슬한 꽃털을 쓱 만져보고.

저 꽃털처럼 가볍게, 라고 생각했다. 그러다 뿌리를 생각했다. 수크령꽃털은 가볍기 그지없지만, 수크령의 뿌리는 보통 억센 게 아니다. 지난해 덩치 큰 수크령을 옮겨 심으려다 아주 애를 먹었다. 수크령의 일본 이름은 찌까라시바, '힘센 풀'이라는 뜻이다. 잎도 날카롭기 그지없다. 억세서 맨손으로 잡으면 손을 베이기 십상이다.

겉보기에는 한없이 가벼우면서도 한없이 무거운 존재. 이 생을 가볍게 농담하듯 넘어가는 이들의 무게를 새삼 느낀다. 꽃털처럼 가벼우려면 얼마나 무거워야 하는가. 일생동안 다다르지 못하는 세계.

#8 대파를 나누며

텃밭을 정리했다. 김장 배추를 심을 때다. 대파 농사가 유난히 잘됐다. 덕분에 대파가 너무 많다. 흙 묻은 뿌리째 받아들면 깔끔한 이들이 난감해할까 싶어 새벽부터 다듬었다. 책방에 오는 이들에겐 무조건 한 줌씩 줄 예정이다.

할라피뇨도 있다. 그동안 나는 몇 번 따서 피클을 한 통이나 담가 놓았다. 풋고추와 꽈리고추, 가지, 오이, 토마토 등도 정리했는데 그런 것들은 한 바구니밖에 되지 않는다. 우리가 먹으면 그만이다.

텃밭에는 깻잎도 잔뜩이다. 따 가고 싶은 사람은 따 가도 된다. 한 줌 따서 양념 얹어 삼겹살과 구워 먹으면 아주 맛나

다. 이 계절에만 누릴 수 있는 것들이다.

텃밭에 나는 것들은 우리가 다 먹을 수 없다. 조금씩만 심어도 남는다. 그때그때 오는 사람들과 나눔한다. 더러 생각나는 이들도 있다. 그러나 이것 때문에 부러 연락해서 오라고 하기에는 민망하다. 오늘 같은 날 쓱 오면 운이 좋은 것이고.

#9 고구마와 고라니

망의 높이는 내 어깨쯤. 그런데 대체 어떻게 뛰어넘었을까? 고구마 잎 곳곳이 똑똑 끊겼다. 사방에 친 망을 둘러보니 몇 군데가 조금 내려오거나 끝 부분이 낡은 곳도 있었다. 이런 고라니 녀석들 같으니라고! 하고 화를 내야는데 자꾸 웃음이 났다.

고라니가 망 주변을 맴돌며 가장 만만하다 싶은 곳을 골라 망을 씹어대다 고개를 주억거려 망 높이를 조금 낮추고 마침내 으쌰, 하고 뛰어넘었을 것을 생각하니 웃음이 날 밖에. 이런 똑똑한 고라니들이라니!

그래도 고라니들아, 적당히 먹어다오. 나도 좀 먹자.

이곳에 이사 왔던 첫해 봄, 마당에 고구마를 심었다. 농사는 난생처음. 고구마 잎이 나오자 신기했다. 오호, 이제 겨우내 고구마를 먹겠군, 나름 기대가 컸다.

어느 날 보니 고구마 잎이 똑똑 끊어졌다. 고라니가 고구마 잎을 먹는다는 걸 몰랐다. 다른 고구마 줄기가 있고 잎이 있으니 고구마가 죽는 것은 아니겠지 생각했다. 고구마 잎은 점점 더 사라졌다. 그래도 고구마는 땅에서 자라는 것이니 잎이 없어도 되겠지.

이윽고 가을이 됐다. 고구마를 캐기 시작했다. 기대에 차서 고구마를 담을 박스도 준비했다.

말라비틀어진 고구마줄기를 걷어내고 땅속을 헤집었으나 그냥 흙뿐이었다. 고구마라곤 우툴두툴 주먹만 한 것 두어 개가 전부였다. 너무나 못생겨서 먹고 싶은 생각이 전혀 들지 않았다. 고구마 잎이 무성해야 땅속에서 고구마들이 튼실하게 자란다는 것을 그제야 알았다.

지난해 또 고구마를 한쪽에 심었다. 이번에는 고라니 망도 쳤겠다, 나름 든든했다. 쑥쑥 자란 고구마 순을 끊어다 들깻가루 듬뿍 넣고 볶아서 이렇게 맛있을 수가, 해가면서 먹었다.

그러다 김장 배추 심을 때가 되어 고구마 줄기를 걷어냈다. 그 튼실한 줄기로 봐서는 두 박스는 나오겠지, 잔뜩 기대했다. 그런데 고구마가 보이지 않았다. 어쩌다 나온 고구마 두어 개는 손가락만 했다. 아, 이건 또 무슨 일이람.

뒤늦게 알았다. 고구마 수확은 더 있다 해야 한다는 것을. 우린 너무 일찍 땅을 판 것이었다.

그리고 올해.

고구마를 밭 끄트머리에 심고 김장 배추 심은 후 캐기로 맘먹었다. 올해는 고구마를 꼭 먹고 말 테야, 생각하면서. 그런데 고라니가 저 높은 망을 뛰어넘을 줄이야!

암튼 올해는 고구마를 조금이라도 좀 캐고 싶다.

#10 맨발로 걷기

양말을 벗고 마당과 숲 아래 작은 오솔길을 걷고 젖은 발바닥을 햇살에 맡기고 앉았다. 어제에 이어 두 번째 맨발 산책.

엊저녁 『두 발의 고독』이란 책을 읽다 맨발로 흙을 밟는 것이 어떤 것인지 느껴보고 싶어 뛰쳐나갔었다. 그것은 내가 지금껏 느끼지 못한 새로운 세계였다. 마당 한쪽 큰 소나무 아래로는 얼마전 뿌린 잔디가 막 자라기 시작했는데, 맨발이 닿는 순간 그 차갑고 부드러움에 전율이 일었다. 나도 모르게 환호가 터졌다.

발바닥을 이리 놓았다 저리 놓았다 한참 동안 잔디 위에서 놀다 옆 오솔길로 갔다. 가끔 나 혼자 걷는 그 길에는 이끼가 가득하다. 이끼는 어린 잔디보다 덜 부드럽고 약간 거친 느낌이 있었지만 오히려 머리부터 발끝까지 허리를 쭉 펴게 했다. 질경이 같은 잡초도 부드러웠다.

이곳저곳 오래 걷던 시절이 있었는데, 가끔 맨발로 걸었던 적이 있었다. 그때는 단순히 오래 걸은 발을 시원하게 해 주기 위해서였다. 이곳에 살면서 한 번도 맨발로 걸을 생각을 못했다. 더 추워지기 전, 매일 한 번씩 양말을 벗고 걸어야겠다.

물론 『두 발의 고독』을 쓴 작가 토르비에른 에켈룬은 이 정도의 맨발 걷기가 아니다. 그는 뇌전증 진단을 받고 자동차 대신 맨발로 걷기를 택했다. 마트도 맨발로 가고, 다른 사람 집에도 맨발로 갔다. 맨발로 산도 올랐다. 그는 스스로 '석기 시대 사람이 되었다'. 『두 발의 고독』은 맨발로 걸으면서 그가 깨달은 삶의 고찰이 담겨 있다.

나의 잠깐 맨발 걷기는 잠깐 흉내 내기에 지나지 않는다. 그래도 좋다.

#11 복숭아 잼을 만들며 놀기

우리 동네 맛있는 황도 복숭아로 잼을 만들었다. 장작불에 오래오래 휘저으며 만든 복숭아잼은 쫌, 맛있다.

30년 넘게 아침에 밥 대신 빵을 먹는 나는 바삭하게 구워진 토스트에 잼이나 꿀을 곁들이는 걸 좋아한다. 그런데 언제부턴가 시중에서 판매하는 잼맛이 거북해져서 직접 귤이나 복숭아로 잼을 만들어 먹는다. 한꺼번에 많이 만들어 냉동실에 넣었다 한 병씩 꺼내서 먹으면 딱 좋다.

잼도 맛있는 재료로 만들어야 맛있다.

우리 동네 복숭아가 맛있다고 여기저기 소문냈더니 복숭아집 아주머니께서 벌레 먹거나 상한 복숭아를 한 박스

주셨다. 잼 만드는 것은 간단하다. 복숭아와 설탕을 넣고 오래 은근한 불에 끓이면 된다. 그러나 계속, 몇 시간 동안 지켜앉아 저어주어야 한다. 눌어붙으면 바닥이 타버리기 때문이다. 나는 책방과 불앞을 왔다갔다 했지만 남편은 계속 장작불을 봐가면서 지키고 앉아 있었다.

병도 일일이 끓는 물에 소독해야 하는데 그보다 조금 더 번거로운 것은 잼을 병에 담는 일이다. 잘 담으려 해도 흘리게 마련이어서 그걸 또 닦아내면서 담아야 한다.

이런저런 일을 하다 보니 하루에 다 할 수 없어 며칠을 했다. 끓이고 보니 잼이 한 솥이었다. 병을 구입, 일일이 소독하고 무념무상으로 잼을 담았다. 병과 함께 주문한 실링지를 넣고 뚜껑에 드라이어로 수축필름까지 열을 가해 붙이고 나니 완벽한 상품처럼 보였다. 혼자 신나서 사진 찍고 놀다가 이왕이면 스티커도 붙이면 좋겠다 싶었다. 유성팬으로 '핸드메이드'라 쓰고 '생각을담는집' 도장을 꾹 찍어서 붙였다. 아이고, 예뻐라! 혼자 또 흐뭇해서 사진을 찍었다.

그러다 이왕이면, 하고는 갈색 냅킨을 얹어 지끈으로 묶어봤다. 더욱 흐뭇해서 혼자 웃었다. 일부는 선물하고, 일부는 내가 먹을 생각이다. 몇 병 되지 않지만.

이런 놀이가 은근 재밌다. 일을 일이라 생각하지 않고 놀이쯤으로 생각하고 살면 다 재미있을 텐데 그렇게 살기에는 불가능. 특히나 돈을 벌어야 하는 일이라면 더더욱.

만약 잼 판매가 목적이었다면 복숭아 가격부터 흥정해서 보다 저렴하게 갖고 와야 할 것이고, 판매 기간을 길게 잡아야 하므로 방부제도 써야 할 것이며, 판매를 위해 애를 쓰고 손익계산을 맞춰야 할 것이다. 아무 생각 없이 장작불 앞에 앉아 휘젓기가 쉽지 않은 것이다. 그나저나 이렇게 완벽하게 상품처럼 만들다니. 스스로 생각해도 기특하기 짝이 없다.

#12 우리 동네 '우영우' 나무들

드라마 '이상한 변호사 우영우'가 인기를 끌면서 '우영우 나무'도 덩달아 유명해졌다. 그 나무를 보면서 우리 동네 나무들이 절로 떠올랐다. 마을에는 각각 수령 240년, 580년 된 느티나무 보호수가 있다. 이 보호수들과 함께 더욱 장관을 이루는 것은 240년 보호수가 있는 자리로부터 우리 집을 지나는, 약 80여 미터 길에 걸쳐 있는 30여 그루의 느티나무들이다. 한여름에는 100년쯤 살았을 그 나무들이 숲 터널을 이룬다. 아래를 지날 때면 그야말로 비밀의 숲에 들어가는 기분이 들곤 하는데 특히 S자로 구부러진 좁은 길은 그 은밀함을 더한다.

작은 다리를 건너 대문 없는 마당으로 들어서면 역시 오래된 느티나무와 중국 굴피나무, 구상나무 들이 한쪽에 우뚝우뚝 서 있고, 드디어 수십여 그루의 소나무숲이 펼쳐진다. 이렇게 말하다 보니 정말 대단한 것처럼 보이지만, 내 눈에는 정말 대단하다. 이 나무들이 펼쳐내는 풍경에 반해 2년여간 이곳저곳 돌아다니다 지금의 터에 자리를 잡았다. 물론 책방과 살림집을 하기에는 집이 너무 컸지만(무려 4층이나 된다!), 1층은 책방으로 하기에 적절했고 황토와 소나무로 지은 집도 매력적이었다.

그런데 언제부턴가 길가의 나무들이 은근히 걱정됐다. 오래된 집 몇 채가 그림처럼 앉아 있는 이 마을도 언젠가 개발될 텐데, 과연 길가의 나무들이 안전할까 싶은 것이다. 개발이란 기치 아래 숲이 사라지고, 산 하나가 사라지는 세상에서 나무 몇 그루쯤은 문제도 안 되기 때문이다. 사실 이곳에서 불과 10분 거리에 용인 반도체클러스터가 들어설 예정이다. 여의도보다 넓은 대규모 산업단지. 일터를 따라 사람이 들어오고, 그들을 따라 집과 상가도 들어설 것이다. 그 발표가 난 직후 땅값이 들썩이고 곳곳에 부동산 사무실이 차려진 이유다.

당장 수용이 된다거나 하는 것이 아니어서 비교적 조용하게 지내던 어느 날 집 앞 너른 터의 주인이 바뀌었다. 이사 직후 봄이 되자 버드나무숲이었던 그곳에서 피어났던 연둣빛 새순 무리는 정말 황홀했다. 그러나 주인이 바뀌고 버드나무는 일제히 제거됐다. 무려 3일에 걸쳐 사라지는 버드나무 숲을 보며 나는 아무 일도 하지 못했다. 내 땅도, 내 나무도 아닌데 마음을 종잡을 수 없었다.

나는 커피를 내려 일하는 사람들에게 갖다 주며 혹시 무엇이 들어설 예정이냐고 묻곤 했다. 당연히 그들은 아는 것이 없었다. 당장 무엇이라도 들어설 것 같던 그 땅은 아직 다행히 비어 있다. 잡풀이 우거진 그곳에 가을이면 수크령이 무더기로 피어난다.

곧잘 배낭을 꾸려 집을 떠났던 나는 이곳에 자리를 잡은 후 떠나지 않는다. 대신 우리 동네를 슬슬 돌아다닌다. 나무들이 펼쳐놓는 속 깊은 이야기들이 매일 나를 부르기 때문이다. 나는 일 없이 그 속을 왔다갔다, 그들의 은밀한 속삭임을 듣느라 시간이 가는 줄 모른다. 오랜 세월 동안 그들이 간직한 마을의 이야기는 얼마나 많을 것인가.

오늘도 나는 부슬비가 내리는 길을 따라 천천히 걸었다.

계곡 물소리가 요란했다. 나는 곧 사방에서 떨어질 낙엽들을 넋 놓고 바라보겠다 싶어 얼른 지금의 여름 나무 속으로 들어갔다. 100년쯤 후 나는 이렇게 말할 거야. 옛날 요 앞에 시골책방이 있었는데 그 책방에서는 ……. 나는 길가에 서서 그들의 속닥거림을 가만 들었다.

#13 마치 하루치만 살아가듯

목수국꽃이 한창이다.

이른 봄 가지를 쳤음에도 무섭게 자라더니 긴 가지마다 꽃을 맺었다. 봄 나무 시절에는 미처 가늠하지 못했던 꽃송이들이 제 몸무게를 견디지 못하고 일제히 고개를 숙였다.

여름을 나는 동안 나무들은 쑥쑥 자란다. 유럽목수국(라임라이트)은 지난해 저 목수국 아래 심었더니 목수국 그늘 속에서 잎만 간신히 올렸었다. 올봄 옮긴 자리에서는 제법 큰꽃을 피웠다.

라임라이트는 꽃가지를 숙이지 않는다. 주변 메리골드가 훌쩍 키가 크는바람에 이번엔 그 속에 갇혔는데도 꼿꼿하다. 메리골드쯤이야, 하고.

내년 봄에는 메리골드 싹이 나오면 옮겨 심어야겠다. 라임라이트를 옮겨 심을까?

봄에는 여름 나무까지 예상하지 못한다. 봄날에 보이는 것만 보고 그 너머를 보지 못하기 때문이다. 마치 하루치만 살아가는 듯. 그래도 잘 기억했다 실행에 옮겨야지!

#14 바라보는 위치의 차이

밤새 온 눈은 지금도 내린다.

사방은 고요하다.

책방에 내려와 다니엘 사프란의 시디를 걸었다.

먼지가 많이 앉았다.

오랜만이다.

어디에서 바라보는가에 따라 풍경은 다르다.

4층에 올라가서 마을을 내려다본 풍경은 낯설다.

좀처럼 4층에서 내려다볼 일이 없기 때문이다.

아래에 있을 때는 바로 옆집들밖에 보이지 않지만

4층에서 보면 집들이 제법 많다.

풍경도 꽤나 이국적이다.

사람을 보는 일도 어디에서 보는가에 따라 달라진다.

서로 처한 자리에 따라

보는 이의 마음이 달라지기 때문이다.

쓸데없는 생각들.

아무튼, 눈 오는 풍경은 언제나 아름답다.

#15 '나의 시간'에 대하여

번잡했던 낮. 이른 저녁을 먹고 마당을 걷다 신발을 벗었다. 잔디 위로, 그 옆 흙 위를 걸었다. 발바닥이 시원했다. 더불어 가슴에도 시원한 바람이 불었다.

한동안 보지 못했던 사람이 다녀갔다. 그는 치유 중이라고 했다. 다리가 부러져 오랫동안 깁스를 했다 풀었는데 오십견이 왔단다. 거기에 이웃으로부터 당한 트라우마도 갖고 있었다.

그가 말했다.

"몸 챙기셔요."

며칠 전 책잔치를 끝낸 다음날, 급한 일들을 처리하고 저녁이 되자 머리가 텅 빈 느낌이 들었다. 몸은 움직이는데 생각이 멈추었다. 머리에 과부하가 걸린 것이었다. 무엇보다 잠이 부족했다.

저녁나절, 침대에 누웠다 일어났다. 잠깐 잠이 들었고, 깨어나니 머리가 맑아졌다. 다행이었다.

책잔치를 할 때 오마고 약속한 사람이 있었다. 그런데 그만 오지 못했다. 천재지변이 아니면 약속을 어길 사람이 아니었다. 하루 전에 과로로 쓰러졌다고 했다. 천재지변보다 더한 일이었다.

시간을 생각한다. 나에게 주어진 시간들. 당연히 살아온 날보다 살아갈 날이 적다. 70을 넘긴 한 선생께서 말씀하셨었다. 70이 지나니 시간이 더욱 없다, 시간이 그야말로 쏜살같이 지나간다, 몸이 예전 같지 않다고.

선생께서는 나를 아끼는 마음으로 말씀하셨다. 일 벌이고 사는 것에 대해서 조금 자제하라고.

30대 후반의 어느 날, 지금은 돌아가신 스승께서 직장으로 전화를 하셨다. 조교가 전화를 바꿔주었을 때 깜짝 놀랐다. 스승의 댁으로 찾아가자 시작법 책을 주셨다.

그만하고 쓰지.

아직 가지 않은 시간 앞에서 나는 가만 지금의 내 시간을 생각한다. 무엇을 하며 사나. 이 아름다운 숲속에서.

큰 나무 사이로 바람이 불고, 저녁이 되자 새들이 돌아와 큰 목소리로 운다. 언젠가 나도 저 숲속의 바람이 되겠지.

화려했던 꽃양귀비가 지고 있다.

#16 집에 대한 생각

집에는 그 집만의 특유한 공기가 있다. 그것은 구체적인 것이 아니어서 뭐라 설명할 수 없다. 따뜻하거나 서늘하다 같은 단순한 느낌을 넘어서는 공기. 뿐만 아니라 집에는 그 집만의 냄새가 있다. 그 집에 사는 사람은 잘 알지 못하는 냄새. 그것은 그 집에 사는 사람과 더불어 음식과 세제 등이 어우러져 만들어내는 것일 게다.

지금의 집으로 이사 오기 전, 한동안 집을 보러 이곳저곳을 다녔다. 이렇게 살 생각이었으므로 그 집들은 대부분 전원주택이었고, 아무래도 책방을 할 생각이었으므로 조금 큰 집 위주로 보았다. 전원주택은 사람이 주거하는 집도 있었지만 의외로 세컨드 하우스도 많았다. 부동산 중개인은 약 절반 정도가 세컨드 하우스라고 말했다.

사람이 사는 집과 세컨드 하우스는 집안의 냄새가 달랐다. 특히 부동산 중개인이 비밀번호를 누르고 들어가는 집에서는 완전히 다른 냄새가 났다. 어떤 한 집에 들어갔을 때는 사방에 커튼이 쳐져 있어서 컴컴했고 습한 냄새가 훅 끼쳤다.

집에 사람이 사는 경우, 집주인들은 대부분 친절했다. 집을 팔아야 하는 입장에서는 당연한 일이겠지만, 그들은 자신의 집이 얼마나 특별한지 설명했다. 터를 마련하고 설계와 공사, 그리고 전등과 문고리 하나하나 애정이 깃들지 않은 곳이 없으니 당연하다. 정원이 아름다웠던 집은 그 정원을 설계하고 가꾼 시간이 온전히 정원에 녹아 있었다.

한 집은 일찌감치 아내와 사별했음에도 불구하고 남성 혼자 지낸다는 느낌이 없을 정도로 집안에 온기가 가득했고 밝았다. 급작스러운 남편의 죽음으로 집을 내놓은 한 여성은 집 곳곳이 모두 남편과의 추억이었다. 그들에게 그것은 돈으로 환산할 수 없는 것들이었다. 어떤 집은 한 번의 방문으로 끝났지만, 맘에 든 집은 또다시 찾아가 나는 그들이 내놓는 차를 마시면서, 혹은 밥을 같이 먹으면서 그들의 이야기를 듣곤 했다. 나는 지금도 몇몇 집의 풍경과 냄새를 기억한다.

전원주택 중에는 여유가 있는 건축주가 돈을 들여서 멋지게 지은 집이 많다. 내가 본 집 중에는 유명한 건축가가 지은 집도 있었다. 그렇다 보니 집을 구경하는 재미가 쏠쏠했다.

산속 언덕배기에 있던 한 집은 정말 근사했다. 그 집에서는 사람 냄새가 전혀 나지 않았다. 마치 갤러리 같았다. 세컨드 하우스도 사람이 머물다 보니 살림살이가 있게 마련이고, 그림이나 소품 하나도 집주인의 손길이 느껴지게 마련인데 그 집에서는 그게 전혀 없었다. 어쩌다 큰돈을 벌게 된 건축주가 멋지게 집을 짓고, 인테리어도 전문가에게 맡긴 티가 역력했다.

거실에 걸린 그림 한 점도 설명할 수 없는 집주인은 대신 이렇게 말했다. 이게 얼마짜리고, 저건 얼마짜리고. 그들에게 그 집은 자신의 성공을 전시하기 위한 한 공간처럼 보였다. 돈을 잘 벌었다고 해서 그것이 반드시 품위 있는 삶을 만드는 것은 아니다.

인문지리학자 이 푸 투안은 『공간과 장소』에서 '공간에 우리의 경험과 삶, 애착이 녹아들 때 그곳은 장소가 된다'라고 말했다. 집은 언제나 장소일 수밖에 없다. 집은 사람이 '사는' 곳이기 때문이다.

지금의 집은 '아파트'를 통해 '사고파는' 투자의 개념으로 더 크게 인식되고 있지만, 그럼에도 누군가가 '사는' 그곳은 집이다. 가족끼리 혹은 때때로 누군가를 초대해 밥상을 마주하는 집, 누군가에 선물로 받았거나, 여행지에서 사왔거나, 혹은 스스로에게 선물했거나 한 소품들이 놓인 집. 이곳저곳에서 이야기가 끊임없이 만들어지는 집. 집에 들어가면 금방 지은 밥 냄새 같은 것이 나는 집. 그래서 그만 마음을 푹 놓고 싶은 집. 이런 집이 진짜 집이 아닐까. 집은 그야말로 보금자리이므로.

#17 한없이 촌스러운

최근 면접관이 될 일이 있었다. 나를 제외한 두 사람은 노트북을 켜고 구글폼으로 표를 공유하며 면접이 끝나면 바로 점수를 확인했다. 나는 프린트물에 연필로 점수를 매겼다. 지우개가 없어 쓱쓱 그어 가면서. 몇 항목 되지도 않는데 쉽게 암산이 되지 않아 휴대폰에 있는 계산기로 합계를 냈다. 면접 후에는 노트북을 갖고 있는 이에게 내가 매긴 점수를 불러줬다.

이틀간의 면접이 끝나고 합격자를 가리는 자리가 되었다. 나는 연필로 이런저런 표시와 숫자가 쓰인 프린트물을, 나머지 두 사람은 노트북을 앞에 두고 이야기했다. 노트북을 갖고 있던 이들은 계속해서 자판을 두들겼다. 모든 말을 기록하고 말겠다는 듯 사정없이 자판을 두들기는 모습을 보면서 나는 말을 조리 있게 해야지, 생각했다. 그러나 이내 잊어버리고 평소처럼 두서없이 말을 해버렸다.

큰 이견 없이 심사가 끝났고, 그들이 노트북을 닫는 동안 나는 집에 가서 연필을 깎아야겠다 생각했다. 물론 나도 글을 쓰느라 아주 일찌감치 자판을 두드리고 살았으므로 그들에게 크게 주눅들 일은 아니지만, 그래도 뭔지 촌티가 났다.

면접을 보면서 내가 물었던 질문 중 하나는 현재 읽고 있는 책이 어떤 것인가 하는 것이었다. 그들은 글을 쓸 사람들이었고, 그러면 적어도 나는 읽는 사람이라고 생각했기 때문이다. 그런데 책을 읽고 있는 이는 두세 사람에 불과했다. 전자책도 본다고 하는 이가 없었다! 그러면서 그들은 굳이 이유를 말했다. 책 읽을 시간이 없다, 옛날에는 책을 좀 읽었다, 대부분의 글은 컴퓨터와 스마트폰에서 본다 등등. 질문 자체가 촌스러울 지경이었다.

나는 읽지 않는 이들이 쓰겠다고 하는 것이 좀 이해가 되지 않는다. 읽지 않고 어떻게 글을 쓸까. 쓰기 전에 우리 모두는 '읽는' 사람들이며, 쓰는 사람이 되겠다 했을 때는 더 읽는 사람이어야 하지 않을까.

전자책을 잘 읽지 못하는 나에게 책은 책, 즉 물질로서의 책이다. 나에게 책은 단순히 그 내용만이 아니라 책을 집어 든 순간부터 질감을 느끼며, 제목과 날개와 목차와 본문 등을 차례로 읽어가다, 마침내 이어지는 이야기에 책장을 정신없이 넘기거나, 혹은 좋은 문장 앞에서 가만 멈추거나 연필로 밑줄을 긋거나 포스트잇을 붙이거나 하는 순간들까지가 모두 '책'이며 '읽기'이다.

나의 생각은 한계가 있어 자주 벽에 부딪친다. 내가 안다고 하는 것은 그야말로 너무나 보잘것없는 먼지이며 이내 사라지고 잊힌다. 사람에 대한 이해 역시 마찬가지다. 내가 사람들을 만난다 할지라도 소설을 통해 만나는 인간에 대한 이해와는 다르다.

며칠 전 이런저런 일로 지친 나를 일으켜 세운 건 한 권의 책이었다. 스벤 슈틸리히라는 낯선 독일 사람이 쓴 『존재의 박물관』이라는 책이었다. 사는 동안 우리에게는 무엇인가가 남는다. 작가는 인생이 우리에게 남기는 생물학적, 문화적인 흔적을 작가 개인의 이야기로 시작해 역사와 과학, 사회 등 전방위로 이야기를 펼쳤다. 위로라는 단어 하나 없었지만, 그 책에 빠져드는 내내 마음이 가라앉았고, 책을 덮은 후에는 내 주변의 물건과 장소들을 생각하며 나답게 살다 가야겠다 생각했다. 한 권의 책이 나를 채워준 것이다.

빌딩 속에 갇혀 면접과 회의를 마치고 늦은 밤 집으로 돌아오자 땅에서 시원한 기운이 올라왔다. 한 시간 전 도시의 열대야와는 다른 공기, 사방의 나무들이 팔을 벌리고 내게 얼른 숨을 들이쉬라고 몸을 흔들었다. 나는 크게 숨을 쉬었다. 살 것 같았다. 이러니 촌티 풍기며 시골에서 책방을 하며 살지.

#18 벼룩의 간에 대한 기억

"벼룩의 간을 빼먹지."

내가 그의 방에서 박용래 시집을 들고나오자 그가 말했다. 나 역시 벼룩보다 나을 것은 없었지만 어차피 빌리는 것이므로 돌려주마 약속하고 나왔다.

1986년 12월 31일, 나와 한 친구는 그와 함께 명동에서 취한 채 북쪽 끝에 있는 그의 방으로 갔다. 이미 취했어도 우리는 라면을 끓여 소주를 더 나눠마셨다. 다음날 깨어보니 두 친구 옆으로 내가 간신히 누워 있었다. 취하지 않았다면 칼잠도 잘 수 없는 좁은 방이었다.

춥고 목이 말랐다. 나는 친구를 깨워 물을 달라고 했다.

구석에는 먹다 남긴 라면이 퉁퉁 불어 있었다. 방 주인은 물을 뜨러 가야 한다며 방문을 열고 나갔다. 물을 뜨러 가다니. 집에 수도가 없단 말인가, 생각했다.

집은 추웠다. 방 주인이 번개탄으로 연탄불을 살린 것 같기도 하다. 나는 이불을 뒤집어쓴 채 앉은뱅이책상 위에서 박용래 시집 『먼바다』를 꺼내 읽었다.(기억이 가물가물하다, 앉은뱅이책상이 있었던가는.)

몰골이 말이 아니어서 집에 가는 길을 걱정하며 박용래 시집을 들고 방을 나왔다. 방 밖은 그대로 길이었다. 길에 놓인 차디찬 신발을 신고 나는 골목에 서서 주변을 살폈다. 그의 방 같은 집들이 언덕으로 쭉 펼쳐졌다. 골목을 한참 내려오니 공동수도가 있고, 그 옆으로 공중화장실이 있었다.

시인이 되고 싶었던 그는 곧 시인이 됐다. 다른 한 친구도 그보다는 늦었지만 등단했다. 일찍 시인이 된 그나 오래 시인이 되지 못한 나나, 우리는 모두 먹고사는 일에 매달렸다. 딱 먹고 살 만큼만 벌고 시를 써야지 했던 마음은 청춘처럼 금세 사라지고, 어떻게 하면 나도 남들처럼 살까 궁리하느라 바빴다.

이십여 년이 지난 어느 날, 우리 셋은 광화문의 번듯한 레

스토랑에 마주앉았다. 서로 살아온 이야기보다 남들처럼 세상 돌아가는 이야기며 정보랄 것도 없는 업계 이야기를 은밀히 주고받고 아파트 평수 같은 것들을 이야기했다. 꺼칠했던 얼굴들에 기름기가 돌았다. 다행히 운 좋게 살아내면서 아무도 시는 이야기하지 않았다.

옛날 방주인이었던 친구가 성공해서 우리는 그에게 밥값을 내라고 했다. 그도 당연한 듯 계산했다. 셋이 함께한 것은 그의 방에서 나온 후 그것이 처음이자 마지막이었다.

관 같던 방에 엎드려 그가 그 시절에 썼던 시들을 나는 참 좋아했다. 박용래 시집을 들고나온 것은 아마도 그가 읽은 시를 따라 나도 좋은 시를 쓰고 싶었던 것일 게다.

오랜만에 책꽂이에서 『먼 바다』를 꺼냈다. 내 사인이 되어 있다! 1987년 6월 30일. 이게 무슨 일인가? 나는 내가 산 책에만 사인을 했다. 더욱이 내가 그의 방에 간 날은 12월 31일이었다. 그렇다면 나는 시집을 돌려주고 다시 샀나? 아니면 아예 시집을 안 갖고 나온 것은 아닐까? 30년 넘도록 내겐 그와 그 관 같은 방과 벼룩의 간인 박용래 시집은 마치 고구마줄기 같은 것이었다. 대체 어디부터 잘못된 기억일까.

그의 방이 있던 동네는 이미 오래전 아파트 숲으로 변했고 다시 만나 기억을 맞추기에는 우리는 너무 서로 다른 길에 있다. 누런 시집은 처음처럼 낯설다. 가만한 날들이 지난 후 오늘의 기억도 달라지는 것은 아닐까. 나를 믿을 수 없다.

#19 역시 시간이 약

여러 장의 서류를 스캔받아 파일 하나로 전송해야 했다. 첫 스캔을 하고 보니 서류가 반듯하지 않았다. 접혀 들어가면서 약간 기울어진 것이다. 공공기관에 내는 서류이다 보니 아무래도 안 되겠다 싶어 다시 스캔을 받았다. 그런데 중간쯤 들어가다 걸렸다. 종이를 빼서 다시 스캔했다. 이번에도 딱 그 서류에서 걸렸다. 다른 것은 인쇄물인 데 반해 그것은 인감증명. 혹시 종이가 달라서 그런가.

서류를 한 장씩 넣으면 물리는 일이 없을까 싶어 한 장이 들어가면 바로 한 장을 밀어넣었다. 그랬더니 파일이 한 장씩 만들어졌다. 기관에서는 서류를 순서대로 하나의 파일로 보내라고 했다. 다시 서류 뭉치를 휘리릭 털어서 복합기에 올려놓았다. 이번에는 몇 장씩 말려들어가는 사태가 벌어졌다.

그러잖아도 기계와 숫자 앞에만 서면 가슴이 두근대는 나는 그만 머릿속이 하얘졌다. 밖으로 나가 마당 한 바퀴 돌고 들어와 다시 시도했다. 역시나 안 됐다. 몇 번을 더 시도하다 시계를 보니 한 시간 넘도록 그러고 있었다. 점심때도 한참 지났다.

나는 컴퓨터와 복합기 전원을 아예 끄고 집으로 올라갔다. 뜨거운 물을 끓여 천천히 마시면서 밥을 꼭꼭 씹어먹었다. 다 먹고 나서는 한방소화제를 한 움큼 집어먹었다. 영락없이 체할 분위기였다.

책방에 내려와서 컴퓨터와 복합기 전원을 켜고 다시 스캔을 시작했다. 이번에도 안 되면 서류를 제출해야 하는 기관으로 달려가 직접 스캔을 부탁하리라 맘먹었다. 생각만 해도 얼굴이 화끈거렸다. 그런데 됐다!

기계에게도 시간이 필요했던 것일까. 파일을 보내고 나니 진이 빠졌다. 밖으로 나가 천천히 마당을 걷다 나무 아래 섰다. 며칠 전 바로 그 나무 아래 서서 이야기를 나눴던 이가 떠올랐다.

그와 나는 한동안 함께 일했다. 순전히 노력봉사하는 단체인만큼 회계관리도 투명해야 하고 함께하는 누구도 소외되지 말아야 했는데, 서로 부족했다. 몇 번 부딪치자 리더인 그를 위해 내가 떠나는 것이 낫겠다 싶었다.

사실 조직에서 떨어지는 것은 언제나 시원섭섭하다. 함께하는 동안 즐거움도 컸다. 이래도 좋고 저래도 좋은, 대충 넘어가면 되지 않을까. 심지어 누군가는 말했다. 가만있으면 나중엔 콩고물이 떨어질 텐데 뭘 굳이 탈퇴하느냐. 그러나 월급 받는 회사도 박차고 나왔었는데 얼마나 고소한 콩고물이라고 마음 끓이면서 지내야 하나.

하고 싶은 일을 하며 살기에도 절대적으로 시간이 부족하다. 직장이었다면 일찌감치 사표 냈을 일을 그래도 반 년 가까이 시간을 끌었던 이유는 나름 조직인만큼 절차상의 문제도 있지만 함께했던 시간에 대한 아쉬움이 컸기 때문이다.

오랜만에 본 그의 얼굴은 많이 상해 있었다. 이리 치이고 저리 치이면서 일은 일대로 하느라 건강이 많이 안 좋아진 것이 역력했다. 관심을 접고 시간이 지나 그런지 서운함과 화가 사라졌다. 대신 그에 대한 애정이 오롯이 살아났다. 나는 그의 선함을 안다. 맹목적으로 함께 일했던 이유다.

살다 보면 시간이 약이고, 사람 사이 적당한 거리가 필요하다는 것을 종종 깨닫는다. 당장 맞붙으면 싸움이 날 일도 며칠 지나면 화가 가라앉고, 죽을 것처럼 견디기 힘든 일도 세월이 지나면 괜찮아진다. 감정이 무뎌지는 것일 게다. 그날 나는 그의 어깨를 가만 다독이며 말했다.

몸 챙기면서 일하세요.

빈 나뭇가지 위로 파란 하늘이 보였다. 바람도 달라졌다. 이제 곧 봄이다.

#20 정말 이렇게 살아도 되는 걸까

말하기가 힘든 날들이 계속되던 때. 말을 하다 보면 몸속 깊숙한 곳의 기운까지 쭈욱 빠지는 듯하고 허리가 꺾였다. 목소리를 조금이라도 크게 하면 더욱 심했다. 부득이 말을 해야 하는 상황에서 조근조근 말해도 힘들었다.

밥을 먹기는 먹는데 먹으면서 이미 두려웠다. 밥을 먹고 바로 소화제를 먹거나 병원에서 처방받은 약을 먹었다. 여러 날, 소화가 되지 않았다.

철학자 김진영 선생은 『조용한 날들의 기록』에서 '입맛이 떨어진다. 말하기가 힘들어진다. 내 안의 무엇인가 입을 닫기 시작한다.'라고 썼다. 선생은 그때부터 병이 났을까. 글을 쓴 것이 언제인가 보니 2010년 10월. 선생이 암 투병을 하다 돌아가신 것이 2018년. 혹시나 생각한다. 몸 안 깊은 저쪽에서 신호를 보낸 것은 아닌가. 그러나 죽음의 기척은 급습일 테니, 아니다 혼자 생각한다. (같은 책 2011년 6월 한 글에서 선생은 '놔두었으면 위험할 뻔했던 종양을 절제했다'고 쓰고 있다.)

선생의 글 중 '내 안의 무엇인가 입을 닫기 시작했다'에 멈춘다. 내 안에서도 무엇인가 입을 닫기 시작했음을, 선생의 글을 읽고서야 깨닫는다.

열린 상태에서 한없이 떠들던 말들. 기억조차 하지 못할 말들. 그 안에서 부유하던 나.

말이 많을 때는 외로웠을까. 나 이렇게 살아있으니 나를 봐달라는 외침은 아니었을까. 내 안에서 무엇인가 입을 닫고 있는 날들이 오래 지나면 나는 나다워질까. 내 안에서 닫히는 것은 무엇일까. 나도 정체 모를 저 안의 것들.

허기진 것처럼 책상에 쌓인 책들만 읽으면서도 또 한편에서는 불안이 스멀댄다. 때로는 책을 읽지 않겠다고 마음을 먹기도 한다. 아무 책이나 잡다하게 읽는 것이 무슨 소용일까 생각한다. 공부하지 않는 날들. 쓰지 않고 지나가는 날들. 그야말로 이렇게 살아도 되는 걸까 생각하는 날들.

봄비가 온다.

꽃이 진다.

나뭇잎은 푸르러지고, 땅에서 나는 것들도 모두 푸르게 살아난다.

빗속에 서서 그것들을 바라본다.

3부

#1 사람이 그리운 날들 사이에서

최근 한 기자로부터 그동안 읽은 책 중에서 꼭 한 권을 꼽는다면 어떤 책이냐는 질문을 받았다. 먹고 사는 일이 급급했던 부모 밑에서 어찌어찌 살아온 것은 운이 좋았던 것도 있지만, 그 모든 길에는 책이 있었다. 많은 책들이 스스로 징검다리가 되어 나를 한 발 한 발 끌고 여기까지 온 것이다. 충분히 다른 길로 갈 수 있었던 내가 그나마 글로 밥을 벌고 지금을 살 수 있었던 것은 책이 아니라면 불가능한 일이었다.

그러나 내 인생의 한 권의 책을 꼽기란 쉽지 않다. 『카라마조프씨네 형제들』, 『그리스인 조르바』 같은 책이 순간 머릿속을 스쳤지만 그중 하나를 말하기는 사실 내용도 잘 기억이 나지 않았다. 최근 몇 년 새 읽었던, 아니 한두 달 전에 읽었던 책 중에서 꼽으라면 좋겠다 싶었다. 꼭 한 권을 꼽을 수 없다고 말하자 그는 그래도, 라고 말했다.

어떤 책을 말하나, 서가를 둘러봤다. 책장은 제법 소란스럽다. 이 책 저 책 오래된 책들이 많다. 한쪽에 꽂힌 시집들로 눈이 갔다. 어느 날 책들을 다 정리해야 한다면 아마도 시집을 마지막에 정리하지 않을까 생각했다. 그렇다면 시집 중에서 가장 마지막에 버릴 시집은 무엇일까.

시집 한 권 한 권을 손가락으로 훑으며 멈추기를 반복하다 한 권을 빼 들었다. 신대철의 『무인도를 위하여』란 시집이었다. 책 뒤에는 1983년 5월 5일에 구입한 것으로 메모돼 있었다. 낡은 시집에서 가장 좋아하는 시 '사람이 그리운 날 1'을 소리 내 읽었다.

'잎 지는 초저녁, 무덤들이 많은 산 속을 지나왔습니다'로 시작되는 시의 첫 연은 '아는 사람 하나 만나고 싶습니다'로 끝난다. 이어서 2연 '무명씨,/내 땅의 말로는/도저히 부를 수 없는 그대 …….'로 시가 끝난다. 시를 읽는 내 목소리가 가만 떨렸다.

시 읽기가 끝나자 그가 말했다. 결국 사람으로 귀결되네요. 그는 인터뷰 초반에 내게 왜 책방을 차렸느냐고 물었고 나는 혼자 심심하니까 사람들과 같이 놀고 싶어서, 라고 대답했던 참이었다. 그의 말을 듣고 나는 한동안 망연해졌다. 40여 년 전에도 사람을 그리워했고, 지금도 사람을 그리워하다니. 언젠가 똑같은 질문을 받고 똑같이 답했을 때 한 친구가 되물었다. 사람을 만나지 않고는 살 수 없는가? 그러게, 사람을 만나지 않고는 살 수 없는가.

과거 밥을 벌던 일도 사람을 만나 인터뷰하고 글을 쓰는 일이었다. 많은 인터뷰이들은 책과 함께 지금의 나를 만들었다. 지금은 어떤 이가 문을 열고 들어올지 모르는 책방에서 사람을 만난다. 누군가 고른 책 한 권을 보며 눈이 빛나는 순간이 있고, 한두 마디로 마음이 열리는 찰나가 있다. 때로는 마음에 물결이 일기도 한다. 그러면서 한 발짝 나는 다른 세상으로 나아간다.

그러다 문득 아는 사람 하나 만나고 싶어질 때가 있다. 젊은 시절이라면 전화번호를 뒤적거리겠지만 지금의 나는 집 앞 커다란 느티나무 사이를 따라 마을을 산책하거나 햇살 아래 쪼그리고 앉아 풀을 뽑는다. 달려나갔을 광화문과 인

사동 같은 곳은 너무나 멀고, 전화 한 통화에 달려나올 사람도 이젠 없다.

사람이 떠난 공간은 내게 더는 장소로서 의미가 없다. 비록 사람보다 바람이 더 잦은 시골책방이지만 누군가 들꽃 향내를 풍기며 들어설 때 나는 반색한다. 마치 오래 그리워한 이가 온 것처럼.

#2 시골책방의 열린음악회

테너 진세헌이 '시인의 사랑' 첫 곡을 노래할 때 나도 모르게 눈을 감고 노래 속으로 들어갔다.

'아름다운 5월에 꽃봉오리들이 모두 피어났을 때 나의 마음속에도 사랑의 꽃이 피어났네. …….'

사랑은 그렇게 아름답게 오지만, 사랑은 기쁨과 동시에 고통도 따르는 것. 그의 노래가 바람결에 흐트러졌다. 큰 나무들이 흔들렸다. 고개를 한껏 젖혔다. 중국굴피나무 사이로 노란 햇살, 그리고 푸른 하늘이 빛났다.

'시인의 사랑'이 끝나자 소프라노 임미령이 슈만의 '여인의 사랑과 생애'를 노래했다. 앞의 노래와 달리 들뜬, 그래서 밝고 발랄한. 개가 짖었고, 딱따구리가 울었다. 그리고 이어서 베이스 이찬영이 라벨의 '돈키호테'를 불렀다. 갑자기 세찬 바람이 불어왔다. 악보가 날아갔다.

숲과 마주한 시골마당이라 날아다니던 날벌레들이 노래하는 이들의 입속으로 들어갔던 모양이다. 테너 진세헌은 자신의 스승이 한여름 호숫가에서 열리는 유럽의 한 오페라 페스티벌에 갔던 이야기를 했다. 무대 앞 조명 앞에서 기승을 부리던 모기들이 노래를 부를 때마다 입으로 들어갔다고. 그래서 수백 마리의 모기를 삼키고 노래했다고.

사람들이 큰소리로 웃었다. 첼리스트 박다인은 피아니스트 강금화의 반주에 맞춰 포레의 '꿈을 꾼 후에'를 연주했다. 나는 정말 꿈속이구나 생각했다.

처음 책방을 열었을 때 이 공간에서 음악회를 한다면, 하고 꿈꿨다. 그러나 연주비용을 해결할 방법이 없었다. 아들이 치던 업라이트 피아노 사진을 찍어서 SNS에 올리고 '이 피아노가 연주된다면' 하고 올렸다. 어느 날 피아니스트 서장원이 찾아왔다. 바이올리니스트 조은서와 듀오 연주를 하고 싶은데 괜찮겠냐고. 나는 그 자리에서 손을 덥석 잡고 고맙다고 말했다. 그리고 그들이 연주하던 날, 난 조금 눈물이 났다.

이후 이렇게 저렇게 연주자들과 만나 시골책방에서 콘서트를 했다. 테너 진세헌이 이끄는 수클래식이, 그리고 소프라노 장승희, 박성연, 채민아, 바리톤 임준식, 피아니스트 송윤원 등이 책방에서 연주회를 했다. 지난 3년 반 동안 약 30여 회, 코로나가 심각했던 때를 제외하고 거의 매달 한 번씩 열린 셈이다. 때로는 성악가들이, 때로는 피아니스트, 바이올리니스트, 첼리스트 들이, 그리고 때로는 플루티스트가 혼자 혹은 같이.

물론 연주비는 턱없다. 공간도, 피아노도 당연히 전문 홀과 비교할 수 없다. 그러니 얼마나 감사한 일인지 모른다. 그리고 누군가 찾아와 객석을 채운다. 얼마나 올까, 사실 공지를 할 때마다 가슴을 졸이는데 말이다. (물론 음악회뿐 아니라 작가와의 만남 등 모든 행사 때마다 가슴을 졸이는 건 마찬가지지만.)

나는 연주를 듣다 온몸이 저려서 움찔거리다 때로는 눈물을 훔친다. 내 책방에서, 내 집 마당에서 연주를 듣다니, 세상 누구도 부럽지 않은 호사를 누리는 것이지 않은가.

그러다 함께 음악을 듣는 이들을 바라보다 보면 또 가슴이 저린다. 시골책방까지 아이 손을 잡고, 연인과 함께, 혹은 혼자 와서 음악을 듣는 이들의 저 붉게 피어나는 마음들은 또 어쩌나. 엄마와 함께 온 아이의 가슴에 남겨질 무늬는 또 얼마나 아름다울 것인가. 아, 책방을 하지 않았다면 몰랐을 이 은밀한 즐거움이라니! 그렇다고 함부로 책방을 차릴 일은 물론 아니지만.

#3 함께 책을 읽는 사람들

매주 월요일 오전 10시, 오후 7시 30분 독서모임을 한다. 시골책방에 매주 누가 와서 책을 함께 읽을까 싶었지만, 책방에서 할 수 있는 가장 바람직한 모임이 독서모임이고, 독서모임을 하면 책을 조금이라도 팔 수 있겠지 하는 마음으로 시작했다.

첫 시작이 2020년 1월. 어느새 만 3년을 넘겼다. 지금까지 함께하는 이도 있고, 떠난 이도 있다. 그러는 동안 누군가가 들어와 또 함께하고 떠나고.

나는 사실 모임을 좋아하지 않는다. 꾸준히 지속하는 게 쉽지 않고, 누군가는 떠나기 때문이다. 만 3년 동안 독서모임을 거쳐간 이들은 꽤 많다. 그들이 나오지 않는 동안 나의 은근한 기다림은 지속된다. 그렇다고 개인적으로 연락하기는 쉽지 않다. 지금도 얼굴이 어른거리는 이들이 있다. 언젠가 이곳으로 올 수도 있고, 어디선가 다른 이들과 함께 책을 읽을 수도 있고.

며칠 전 독서모임에 왔던 이들이 말했다.

"신간 소개 코너는 이제 훅 지나간다, 작가님이 알아서 좋은 책을 골라주므로."

"같이 읽는 것은 맛있는 사과를 함께 먹는 것과 같다. 혼자 읽으면 맛없는 사과를 먹는 것 같다."

"독서모임에 오지 않는 동안 나의 본연의 모습이 나타난다. 그래서 다시 독서모임에 나온다."

가장 압권은 이제 27세인 젊은 친구가 블로그에 쓴 글이다.

시골책방에서 작가이자 책방지기인 사장님이 운영하는 독서모임에 참여하고 싶어서 깡시골로 망설임 없이 이직했다면 누가 믿을까. 복지 없기로 유명한 회사지만 난 감사하다. 파견 근무지가 이 책방 근처에 있다는 게 최고의 복지니까.

시골책방을 하면서 쓴 『나는 이제 괜찮아지고 있습니다』의 제목도 독서모임 회원의 말에서 따온 것이다. 책을 읽음으로써 스스로 괜찮아지고 있다고 느끼는 사람들.

책을 읽는다고 당장 달라지는 것은 없다. 그러나 꾸준히 오래오래 읽는 동안 달라진다. 어떻게, 무엇이 변했는가는 스스로 알 수 있다. 어느 날 몸속에 축적된 글들이 튀어나올 수밖에 없기 때문이다.

한 친구는 강화도에서 매주 월요일, 독서모임을 위해 왕복 6시간을 쓴다. 부득이 이사해야 했을 때 가장 큰 고민 중 하나가 생각을담는집을 계속 다닐 수 있느냐 여부였다고 한다. 그는 이사하기 전에도 왕복 2시간 거리에서 다녔던 터였다.

그는 월요일이면 여행하는 마음으로 집을 나온다. 짧은 독서모임을 끝내고 돌아갈 때면 왠지 그와 뭔가를 더 해야 할 것 같은 마음이 들지만, 딱히 더 할 수 있는 것은 없다.

매일 쏟아지는 책 속에서 책을 골라읽고, 그중 함께 읽을 것을 고르는 것은 즐겁기도 하지만 때때로 곤혹스러울 때도 있다. 그래서 4권을 고르면서 뺐다 넣기를 반복한다.

신간들 속에서 책을 뒤적이는 동안의 은밀한 즐거움, 책 읽는 동안의 즐거움, 거기에 함께 읽음으로써 여러 사람의 생각을 나누는 즐거움. 책방을 하면서 누리는 그야말로 큰 즐거움이 아닐 수 없다. 독서모임 덕분에 나는 조금 더 열심히 읽으려 하고.

책은 혼자 읽는 것이지만 함께 읽고 나눔으로써 나는 그들과 함께 조금씩 나아간다.

#4 김수영을 읽은 봄밤

어제저녁 독서모임에서는 김수영 시와 산문을 읽었다. 민음사의『김수영 디에센셜』. 독서모임이 아니었다면,『김수영 디에센셜』이 나오지 않았다면 다시 읽지 않았을 수도 있었다. 덕분에 나는 오래전 문청 시절로 돌아간 듯했다. 한시절, 나는 그의 사진과 시를 필사해서 벽에 붙여놓고 살기도 했었다.

젊은 친구는 김수영의 시를 읽고 교과서에서 본 시라고 했다. 깜짝 놀랐다. 시대가 바뀌었구나, 비로소 깨달았다.

시험 공부할 때 읽었던 시와 다른 시. 시는 그냥 읽어야 제일 좋은 것.

누군가는 시만 읽고, 누군가는 감상을 곁들이고, 누군가는 시가 어려워 산문을 읽고 시를 읽었는데 조금 이해가 됐다고, 그래서 김수영이란 시인을 좋아하게 됐다고도 말했다. 그리고 누군가는 계속되는 가까운 이의 죽음등으로 힘든 때 김수영의 산문을 통해 위로를 받았다고 했다.

다시 확인했다. 우리가 함께 읽는 책들을 통해 우리는 조금씩 조금씩 앞으로 나아가고 있음을. 어떤 책을 어떻게 읽어야 할지, 나를 비롯해 우리 스스로 알아가고 있다는 것을.

모든 책은 좋다. 그러나 모든 책을 다 읽을 수는 없다. 세상의 그 많은 책 중 무엇을 읽어야 할까. 이것저것 닥치는 대로 읽으면서도 사실은 매번 책을 집어 들 때마다 고민한다. 더욱이 함께 읽는 책이라면.

3월이라고 공연히 설레 마당에서 모닥불 피워놓고 시를 읽으려 했다. 그러나 아직 봄이라고 하기엔 추운 봄밤. 더는 안 피울 줄 알았던 장작난로를 피우고 시를 읽었다.

사람들은 늦은 밤까지 시를 읽고 돌아갔다. 그들이 돌아간 후 장작난로 앞에서 멍하니 앉아 있었다. 그들이 있어서 참 좋은, 뜨끈한 밤이었다.

#5 사회가 발전한다는 것에 대하여, 세 권의 책 이야기

『사람입니다, 고객님』

"안녕하세요, 고객님." 벌써 오늘만도 네 번째다. 나는 상담원의 말을 가만 듣는다. 뭐라고 딱히 대꾸할 수 없으므로 가만 있다 "저는 관심 없습니다."로 끊는다.

『사람입니다, 고객님』 책을 읽기 전, 나는 전화번호를 보고 스팸 처리를 하거나 받더라도 바로 끊었다. 나는 그들이 누구이고, 어디에서 일하는지 알지 못했고, 관심도 없었다.

그러나 『사람입니다, 고객님』을 읽는 내내 나에게 전화한 이들이 내가 아는 누군가들처럼 보였다. 서울디지털산업단지 어디선가 전화를 하는 그는 이른 아침 집을 나가 붐비는 지하철을 타고 일터로 나가 종일 누군가에게 전화를 하거나, 전화를 받다 다시 붐비는 지하철을 타고 집으로 돌아온다. 물론 대부분 일하는 기혼 여성이 그렇듯, 집에 돌아온다고 해서 휴식을 취하는 것도 아니다. 집으로의 퇴근은 두 번째 출근이다.

공장이 있던 자리에 들어선 아파트형 공장, 현대화된 건물로 들어간 그들은 화장실에 자주 가지 않도록 물 마시는 것조차 통제받으며 일한다. 얼마나 많이, 얼마나 길게 통화를 하는가. 통화 시간은 곧 그들의 실적으로 직결된다. 이들 중 많은 이들의 유일한 해방은 잠깐 동안의 '흡연'이다.

이 책을 쓴 김관욱 교수가 처음 콜센터 여성들을 만나러 간 것은 그들의 흡연 때문이었다. 보건소에서 파견한 금연 상담 의사였던 그는 콜센터가 어떻게 여성들의 '흡연천국'이라는 별칭을 얻었을까 궁금했다.

여성의 흡연에 대해 관대하지 않은 우리 사회에서 당시 콜센터 여성 상담사들의 흡연율은 전체의 37퍼센트에 달했기 때문이다. 이것은 전체 여성 흡연율의 다섯 배나 되는 수치였다.

그는 흡연을 하는 여성 상담사들이 사회의 시선, 아이에 대한 부담 등을 갖고 있으면서도 흡연을 하는 이유를 듣는다. 그리고 흡연이 일종의 '노동력 강화제'로 쓰이는 한편, 그 이면에는 흡연을 방조하며 더욱더 실적 달성은 물론 초과를 위해 달려가도록 만드는 힘이 움직이고 있음을 발견한다. 그것은 철저한 가부장제에서 살아온 여성의 삶과 다르지 않았다.

상담사들은 하루에 몇 시간이고 친절하고 상냥한 목소리를 내지만 정작 스스로를 위한 저항의 목소리는 상실한 채 살아가고 있었다. 생계(급여)를 볼모로 모욕 앞에 길들여지는 일상은 몸(틀)을 위축시키기에 부족함이 없어 보였다. 1970, 80년대 여공들처럼 물리적 폭력과 성폭력에 상시 노출된 것은 아니지만, 그보다 얼마나 진보한 노동환경에서 일하고 있는지는 의문투성이다.

우리는 상담사들의 고충을 단순히 감정노동쯤으로 생각한다. 그러나 김관욱 교수는 이들의 노동 형태가 '감정노동'만으로는 설명이 불가하다고 말하며, 여성 상담사를 '콜키퍼'라고 말한다. '현대판 디지털 현모양처'로 '집을 돌보던' 하우스 키퍼가 상담 콜을 돌보는 '콜키퍼'로 잠시 전환된 것

뿐이라는 것이다.

이 책을 읽으면서 50년 전 '공순이'로 살 때와 달라진 것 없는 비정규직 상담사들의 삶이 어떤지 비로소 알았다. 50년 전과 지금의 사회는 비교할 수 없을 정도로 발전했는데, 달라진 것이 없다니. 그 믿기지 않는 모습을 보여주는 이 책을 읽으면서 그렇다면 사회가 발전한다는 것은 과연 무엇일까 생각하지 않을 수 없었다.

『어느 대학 출신이세요?』

이 책의 부제는 '지방대를 둘러싼 거대한 불공정'이다. 책을 읽는 내내 그야말로 밤고구마를 물 없이 먹고 있는 듯했고, 추천사를 쓴 강준만 교수처럼 '혈압이 많이 오른 상태'로 책을 읽어야 했다. 아니, 읽는 것조차 힘들었다. 지방대의 편견이 '편견과 차별을 넘어 혐오의 대상이 되고 있'음을 여실히 보여주고 있기 때문이다.

아이들에게 꿈을 가지라고, 하고 싶은 것을 하라고 말을 하는 것은 너무나 교과서적이다. 일찌감치 입시 틀에 아이를 몰아넣지 않으면 안 되는 것이 우리 사회다. '행복은 성적순이 아니잖아요' 영화가 나온 것이 벌써 30년도 더 전이다. 그러나 30년 전이나 지금이나 성적으로 줄 세우기는 여전하거나 더욱 심화됐다.

이 책의 엮은이를 대표하여 제정임 세명대 저널리즘스쿨 대학원장은 말한다.

부모의 경제력 · 교육열이 뒷받침되는 중산층 이상 자녀들이 명문대에 몰리고, 이들은 비명문대의 몇 배나 돈이 드는 교육을 받아 더 큰 '능력'을 키우는 이 구조가 과연 공정한 것인가. 이런 구조를 그대로 두고 '입시의 공정성'만 따지는 것이 과연 정의로운 일인가. 우리 사회는 이런 질문에 답해야 한다.

그러나 누가 답할 것인가. 읽는 내내 답답했던 이유다. 이 책을 독서모임에서 읽었을 때 함께 읽은 이들도 똑같이 답답해하고 분노했다. 그런데 30대 후반인 한 친구가 말했다.

"저 때도 그랬고, 당연히 그런 사회라서 답답할 일도, 화날 일도 없어요. 익숙한 걸요."

그러면서 15년 전, 소위 그는 '인서울' 대학 출신임에도 불구하고 채용박람회에서 상담조차 받을 수 없었다고 말했다. 그는 마치 지금 갑자기 세상이 바뀐 것처럼 호들갑이냐는 듯 무심하게 말했다.

그렇다. 바뀐 건 없다. 지방대가 아닌, 서울에 있는 대학에서의 서열도 마찬가지다. 그러게, 뭐가 새삼스럽다고. 우리는 다 같이 절망했다. 나아갈 수 없는 벽 앞에 서 있는 느낌이었다.

그러자 학생을 가르치는 이가 말했다. 그래도 우리 교육제도는 30년 전과 비교해 좋아졌다고, 그러니 희망을 갖자고. 이 책에서 제시한 대학 무상교육 추진, 공영형 사립대 정책, 지역 일자리 늘리기 같은 구체적인 대안들이 희망적이라고.

그러나 나는 솔직히 그의 말에 쉽게 동의하지 못했다. 지방대에 대한 불공정도 문제지만, 편을 가르고 무시하는 발언을 서슴지 않는 성숙하지 못한 의식이 더 문제이기 때문이다. 최소한의 품위조차 지키지 않는 사회.

차별 없는 사회는 불가능하다. 그러나 나의 성공이 반드시 나의 힘으로만 이루어진 것이 아니라는 것, 사회는 함께 살아가는 곳이라는 것을 깨닫는다면 최소한 멸시와 비하의 말들은 못 하지 않을까.

『나는, 휴먼』

지난 대선을 앞두고 전국장애인차별철폐연대가 이동권을 요구하며 출근 시간대에 지하철 시위를 할 때 누군가가 말했다.

"서울시민은 장애인의 투쟁 대상이 아니다."

맞는 말이다. 서울시민은 장애인의 투쟁 대상이 아니다. 그러나 그들이 왜 지하철을 세울 수밖에 없는지 생각해볼 일이다.

『나는, 휴먼』의 지은이 주디스 휴먼은 클린턴 행정부의 특수교육 및 재활 서비스국 차관보, 세계은행 최초의 장애와 개발 자문위원, 오바마 행정부의 국제 장애인 인권에 관한 특별보좌관 등등 이력이 화려하다. 그러나 그의 화려한 이력은 결국 그의 투쟁사와 맞물린다.

그가 투쟁의 삶을 살 수밖에 없던 것은 차별과 불공정에서 시작됐다. 18개월 때 소아마비를 앓아 휠체어를 타게 된 어린 주디는 유치원 등록을 거절당한다. 주디가 타고 있는 휠체어가 '위험한 장애물'이라는 이유였다. 그의 어머니 일제 휴먼은 딸의 입학을 위해 싸움을 시작했다. 미국 교육 시스템에서 필요 없는, 그래서 '지하실에 숨겨 있'어야 마땅하다고 생각하는 아이를 데리고 3년 동안의 투쟁 끝에 공립학교에 비로소 입학시킨다.

그러나 학교에 들어갔다 해서 끝이 아니었다. '무시당하는 느낌, 우리는 배울 수 없는 존재이자 이 사회와 아무런 관련 없는 존재로 분류당하는 것을 인식'하기 시작한 것이다. 주디는 '장애는 누군가에게 언제든 일어날 수 있는 일이고, 실제로 그렇기 때문에 사회가 이러한 삶의 진실을 중심으로 인프라와 시스템을 설계하는 것이 옳다'고 생각했다. 그래서 그는 동료들과 함께 장애인법 제정을 위해 24일간 샌프란시스코 연방 정부 건물을 점거하고, '휠체어에서 내려와 버스에 기어'오르고, 의회의사당 계단을 기어 올라갔다.

주디스 휴먼과 장애인들이 행동을 시작한 것은 1960년대 시민권운동과 함께였고, 미국장애인법이 통과된 것은 1990년이었다. 이후에도 지금까지 주디스 휴먼의 투쟁은 진행형이다.

지하철 시위를 하면서 "이동의 자유를 해결해달라"고 말한 박경석 전국장애인차별철폐연대 공동대표는 이 책 뒤에 이렇게 쓰고 있다.

소송, 점거, 시위, 조직과 연대, 그리고 법률과 제도의 마련까지 주디의 인생을 채운 모든 이야기는 곧 우리 장애 운동가들이 걸어온 길이다.

'법률과 제도'는 그냥 얻어지는 게 아니다. 주디스 휴먼이 '휴먼'이 되기 위해 '소송, 점거, 시위, 조직과 연대'를 한 이유다.

장애인들이 주변에서 보이지 않는 것은 그들이 '이동권 보장'이 안 된 사회에서, 지하철을 타고 '서울시민'의 한 사람으로서 일터로 나갈 수 없기 때문이다. 이 책을 쓴 주디스 휴먼이 '미국 교육 시스템에 참여할 필요가 없었을 뿐 아니라, 실제로 교육에서 배제되어 지하실에 숨겨져 있었다'라고 말한 것처럼, 장애를 갖고 있는 어린이부터 배제되기 때문이다.

평등과 공정을 말하지만, 우리는 모두 안다. 세상은 절대 평등하지 않고 공정하지 않다는 것을. 그러나 우리는 혼자 사는 것이 아니므로 함께 좋은 세상을 향해 한 발씩 내디뎌야 한다. 그러다 보면 때로는 거창하게 소리칠 수밖에 없는 이도 있고, 삶의 일상에서 혼자 걷는 이도 있을 것이다.

지하철 시위를 하는 전장연을 격려하며 버스를 타는 것도, '지잡대'라는 단어 따위를 쓰지 않는 것도, 콜센터 상담원의 전화를 가만 들어주는 것 같은 아주 작은 일은 혼자 걷는 일이다. 타인에 대한 배려와 고통에 동참하는 것이야말로 우리 사회의, 나의 품위를 지키는 일이다. 인생의 오후에도 세상을 바라보는 눈은 아침의 눈이 되어야 하지 않겠는가.

#6 정호승 시인과의 아름다운 봄날 하루

5월의 하늘 아래에서 나무가 반짝였다. 선생님은 괴테의 말을 인용하며 말씀하셨다. 모든 색은 빛의 고통이다, 하는 글을 읽고 한동안 글을 다른 글을 읽을 수 없으셨다고. 하늘과 내가 딛고 있는 바닥과 나무와 사람들이 모두 빛의 고통으로 인해 빛나고 있었다.

인생은 고해다. 살아갈수록 그 말이 무슨 말인지 느낀다.

선생님께서 말씀하셨다. 2, 30대는 그 말이 무슨 말인지 몰랐다고.

나도 몰랐다. 기껏해야 애인과 헤어지거나, 부모와의 불화였거나, 관념적인 것들이었다. 그러나 살아갈수록 인생은 고해다. 선생님의 말씀처럼 바다에서도 목이 마른 물고기 같다.

선생님이 시 이야기를 하는데, 나는 자꾸 내 삶을 생각했다. 내가 살아온 시간들, 그리고 지금. 한 해가 지나고, 또 한 해가 쏜살같이 지나고. 그러다 나는 사라지겠지.

선생님은 어머니와 정채봉 선생님이 가장 보고 싶다고 했다. 두 분 모두 돌아가셨으니 보고 싶다고 해서 달려갈 수도 없고, 전화를 할 수도 없다. 죽음이란 그런 것. 나뭇잎 사이로 반짝이는 햇빛도 볼 수 없는 것. 눈물이 핑 돌았다.

선생님은 자신을 이해하기 위해서 시를 읽고 쓴다고 하셨다. 나는 왜 시를 쓰기 시작했을까.

선생님은 행사를 앞두고 일찌감치 시 다섯 편을 보내셨다. 오는 이들에게 프린트해서 나눠주기 위한 것이었다. '햇살에게', '내가 사랑하는 사람', '바닥에 대하여', '수선화에게', '산산조각'.

선생님을 만나기 전, 이 다섯 편의 시를 읽고 또 읽었다. 선생님의 다정함을 생각하면 가슴이 따끈해졌고, 시를 읽으며 쓸쓸해졌다. 번잡하게 이 일 저 일 하다 나는 마당에 나가 멍하니 앉아 있곤 했다.

시간이 없다는 선생님의 말씀이 항상 맴돈다. 나의 시간도 얼마 안 남았다.

일찌감치 마감했어도 예약한 사람은 40명이 넘었고, 전화해서 오겠다는 사람도 있었다. 마당에서 하는 것이므로 더 접수를 받았다.

선생님은 남부터미널에서 시외버스를 타고 오셨다. 조금 늦게 모시러 나가는 바람에 선생님은 버스 정류장에 혼자 앉아 계셨다.

오후 4시에 시작한 선생님의 이야기는 1시간이 넘도록 이어졌다. 몇 사람의 질문에 답을 하고 나니 어느새 5시 50분. 시간을 보고 깜짝 놀라 마무리를 했다.

사인을 받으려고 사람들이 줄을 섰다. 선생님의 책을 구입해서 사인을 받는 이도 있었고, 오래전 읽은 선생님의 시집을 책장에서 꺼내온 이도 있었다.

선생님을 다시 시외버스 정류장에 모셔다드렸다. 버스가 오려면 30여 분 기다려야 했다. 선생님 곁에 앉아 함께 버스를 기다리고 싶었다. 선생님은 들어가서 일을 정리하라고 한사코 가라고 하셨다. 마지못해 차를 돌려 나오는데 자꾸 눈물이 났다.

선생님은 시골 버스 정류장에 혼자 서 계셨다.

선생님은 당신의 시 중 딱 한 편을 고른다면 '산산조각'을 고르겠다고 말씀하셨다. '산산조각'을 다시 읽는다.

(중략)

산산조각이 나면

산산조각을 얻을 수 있지

산산조각이 나면

산산조각으로 살아갈 수 있지

—정호승 시 '산산조각' 중에서

#7 시인 박형준과의 여름 한낮

그는 마을 맨 끄트머리 옴팍집 막내아들이었다. 8남매의 막내. 조카와 나이가 같았다. 늙은 아버지와 늙은 엄마. 다들 그런 줄 알았다.

집 앞에 개울이 흘렀다. 늙은 부모는 고향에 남고 부모처럼 늙어갈 일만 남은 형제들은 살기 위해 소도시로 뿔뿔이 흩어졌다.

어린 시절을 그는 인천에서 보냈다. 김중미의 소설『괭이부리말 아이들』에 나오는 만석동 옆 동네다. 골목에서 놀던 그는 점점 골방으로 들어갔다. 다 똑같이 사는 줄 알았는데 아니라는 것을 알았다. 작아진 그를 일으켜 세우는 것은 책 읽기였다.

그러다 어느 날 끄적였다. 시를 쓰는 그가 발견됐다. 고등학교 2학년 문예반 시절, 소설 쓰던 선배가 그의 시를 보고 시를 써도 좋겠다고 했다. 시를 쓰는 일은 그에게 살아내야 하는 일이었다. 시를 써서 존재감을 알려야 했고, 그래야 조금이라도 밥벌이를 할 수 있었다.

공부를 오래했다. 당시 2년제였던 서울예술대학교를 나와 4년제에 편입했고, 대학원에 가서 석사와 박사가 됐다.

가방을 들고 이곳저곳 가서 강의를 했다. 그러는 동안 남가좌동에서 성산대교까지 걸었다. '걸어서 얻은 생각만이 가치가 있다'는 니체의 말을 따른 건 아니지만 산책을 하면서 그는 시를 썼다.

골방으로 들어갔던 어린 소년은 자라서 시인이 되었고 강가를 걸으면서 생각을 길어올렸다. 그동안 몇 권의 시집을 냈고, 지금은 대학교수가 됐다. 그리고 지금은 옥수동에서 한강까지 걷는다. 시인 박형준이다.

30여 년 전쯤으로 잠깐 돌아갔다.

어제 일처럼 생생한 몇 가지들. 좋은 스승을 만난 이야기를 하면서 살아내느라 애썼던 시간을 이야기했다. 세상에 몸 비비느라 닳는 것도 모르고 살았던 순간들이 지나갔다.

그와 나는 웃었다. 사는 게 운이더라고, 운이 좋았다고. 그러니 앞으로도 운이 좋을 거라고.

'박형준 시인과 만나는 여름, 한낮' 프로그램을 진행했고, 사람들과 함께 시집 『생각날 때마다 울었다』를 이야기했고, 그의 시가 산책에서 태어난다는 이야기 등을 했다.

#8 책방 하는 마음

책방은 산속은 아니지만 사방이 큰 나무로 둘러싸인 숲 속에 있다. 이곳에서 책방 문을 열 때 다들 무모하다고 했다. 그런데 누군가 문 열고 들어왔다.

책방에는 사람보다 바람이 더 많이 들어온다. 그래도 매일 아침 책방에 출근한다. 이제 내 삶은 책방 문을 열기 이전과 이후로 변곡점이 만들어졌다. 책방을 하지 않았다면 평생 몰랐을 경험을 한다. 그것들은 모두 순도 높은 즐거움이다.

용인에 있는 작은 책방들끼리 모임을 시작했다. 모이고

보니 책방이 열 곳도 넘었다. 서로 아는 책방들을 연결하고 초대했다. 처음에는 서로 책방들끼리 알고 지내자 싶었다. 개인적으로는 어디 가서 못할 말, 그러니까 하소연도 좀 하고 싶어서였다.

나이가 가장 많다 싶은 내가 먼저 손들고 시작했다. '용인 책방사이'라는 단체도 만들었다. 뭔가를 함께하려면 조직이 필요하다고 생각했기 때문이다. 혼자 꾸던 꿈을 같이 꿀 수 있으므로.

그리고 뭔가를 꿈꾸기 시작했다. 물론 모든 모임이 다 그렇지만 적극적인 사람이 있고, 팔짱 끼고 보는 사람이 있다. 또 개인적인 사정으로 소극적인 사람도 있고. 돈이 좀 된다거나, 명예가 된다거나 하면 함께하자고 막 꾈 텐데 그럴 형편이 아니지만 대부분 함께했다.

그들과 책방축제를 하기로 했다. 다같이 모이기가 쉽지 않아 줌으로 모임을 가졌다. 그들과 이런저런 이야기를 하는데 갑자기 신이 났다. 재미난 일을 계획하는 일은 그렇게 설렌다. 무엇보다 젊은 친구들이 있어서, 그들의 적극적인 모습이 참 좋았다.

책방축제를 생각하니 잠이 안 올 지경이었다. 책방에서

혼자 행사를 할 때도 설레고 좋은데 용인의 책방들이 모여서, 그리고 더 나아가 다른 책방들과 연대해서 뭔가를 할 생각을 하니 이건 어떨까, 저건 어떨까 혼자 상상의 나래를 펴는데 잠이 달아날 밖에.

오늘 한 젊은 책방주인이 다녀갔다. 그가 말했다.

"사실 그동안 내가 무모하게 책방을 차렸나, 다들 잘하는데 나만 못하고 있나, 뭐 이런저런 생각으로 자괴감도 들고 힘들던 터에 줌에서 만난 책방주인들을 통해 힘을 얻었어요. 고맙습니다."

순간 울컥했다. 이렇게 하면 돈이 된다, 저렇게 하면 더 좋다. 다른 사람은 말을 쉽게 한다. 그러나 하는 내가 할 수 있는 일을 해야지.

"다 똑같아요. 멋대로 하고 싶어서 시작한 책방이니 그냥 멋대로 하세요. 그러다 보면 나만의 길이 보여요."

말하면서도 길이 보이나, 생각했다. 그러나 역시 어쩌겠는가. 길인 줄 알고 가야지. 그러다 보면 진짜 길이 만들어질 테지. 우리가 사는 것처럼.

그래도 책방 하는 일은 꿈을 꾸게 한다. 꿈은 설렘과 떨림을 동반한다. 그래서 무모하게 오늘도 책방 문을 연다. 돈만으로 살 수 없는 것이 책방 문을 열면 펼쳐지니까. 이 '피로 사회'에서 내 숨소리를 들을 수 있는 장소, 그게 바로 책방이니까.

#9 동네책방축제를 마치고

뭐라고 말을 하면 좋을까. 잔치가 끝난 후에 오는 여러 가지 감정들. 늦도록 잠이 오지 않았고, 새벽같이 잠이 깼다. 용인의 책방 9곳과 파주, 수원, 여주, 대전, 화성, 서울 등 21곳의 동네책방들이 모여 우리 동네 용담호숫가에서 책방잔치를 벌였다. 책방 일부는 토요일이거나 일요일 하루만 참석했지만 대부분의 책방들은 연이틀 함께했다. 햇살은 뜨겁고, 바람은 불고, 흙먼지는 불어대고.

책 위로 쌓인 먼지를 털어내는 동안 누군가는 책을 들쳐보고, 누군가는 책을 구입하고. 그러는 사이 한쪽에서는 강연과 체험, 공연이 열렸다. 커다란 상수리나무 아래, 용담호수를 배경으로 펼쳐지는 이런저런 행사들.

동시작가 박혜선과 아이들은 동시를 써서 나무 난간에 붙였다.

> 시를 쓰려는데 / 제목도 생각이 안 난다
> 왜 생각이 안 나는지 / 그것도 생각이 안 난다
> 나는 오늘 / 생각을 집에 놓고 왔다

생각을 집에 놓고 온 아이는 마음의 집에 이날의 기억이 새겨질 것이다. 호수를 바라보며 그림을 그리기도 하고, 그림책으로 놀이도 하고, 이루리 작가와 그림책 이야기도 나누고. 캘리그라퍼가 부채에 원하는 문구를 써주기도 하고, 화가가 얼굴을 그려주기도 하고. 아이들의 마음에, 아이들을 데리고 온 부모의 마음에 남을 추억들. 함께한 우리 책방지기들의 마음에 남을 추억들.

동네책방 잔치인 만큼 토요일과 일요일, 책방지기들의 토크가 열렸다. 첫날은 반달서림과 버찌책방, 다락. 둘째날은 술딴스와 쩜오책방, 그리고 생각을담는집. 책방을 하면서 좋다 좋다 꿈같은 이야기들을 웃으며 나눴다.

사회를 보던 쩜오책방지기는 말했다.

"이 사람들 이야기를 들으면서 절대 책방을 하겠다고 생각하시면 큰일납니다."

모두 웃었다.

쑬딴스 책방지기는 말했다.

"어차피 돈을 벌 때도 돈 걱정, 못 벌 때도 돈 걱정. 그렇다면 하기 싫은 일을 하면서 돈 걱정하는 것보다 하고 싶은 일 하면서 돈 걱정하는 게 낫지 않겠어요?"

정답이었다. 어차피 사는 내내 돈 걱정을 하고 산다. 월급을 많이 받으면서 해외여행을 다닐 때나, 임대료 걱정을 하면서 책방을 운영할 때나. 그러나 뱃속 편한 것은 책방을 하는 일이다.

최소한 아래위, 누군가에게 싫은 소리 안 듣고 안 하고 살아간다는 것만으로도 좋다는 책방지기들.

함께한 책방지기 중 오래전 내가 회사를 다닐 때 면접 봤던 친구가 있었다. 그가 말했다. 그때는 아주 도시 깍쟁이 같은 이미지였는데 지금은 후덕한 시골 책방주인이라고. 그랬구나, 생각했다.

글귀 하나도 직접 쓰고, 포스터 작성, 이름표 만들기, 도시락 주문 등 일일이 서로서로 일을 나누며 했다. 남편은 주차장 자리를 만들기 위해 새벽 제초기를 갖고 나가 풀을 깎았다. 테이블 옮기고, 마이크 설치하고, 주차관리 등등 행사 전부터 행사가 끝난 후까지 이런저런 일을 도왔다.

파주에서 책방하는 이는 새벽 6시 반에 출발해서 왔다고 했다. 9시까지 행사장에 도착하기 위해서였다. 가까운 책방들이라고 해도 한 시간 남짓 거리.

책은 또 좀 무거운가. 어떤 곳은 책을 좀 팔기도 하고, 어떤 곳은 좀 못 팔기도 하고. 좀 팔았다고 해도 수익은 다 같이 어디 가서 고기 한 판 구워 먹지 못할 돈. 책방주인들은 흙먼지 쌓인 책들을 다시 박스에 넣어가면서 웃었다. 좋았다고, 함께해서 즐거웠다고, 불러줘서 고맙다고.

책방을 하면서 나는 비로소 사람을 본다.

타로 체험을 하는 수원의 랄랄라하우스 김소라 책방지기는 말했다.

"오늘 타로를 본 사람들 모두가 좋게 나왔어요. 여기 터가 좋은지 뭔지는 잘 모르겠지만 신기했어요. 다들 좋은 마음을 갖고 와서 그런 것 같아요."

책방주인들도, 함께 참여한 수공예 공방주인들도 모두 좋은 마음으로 오는 곳. 그 말을 들으면서 천국이 이런 곳이 아닐까, 생각했다. 물론 그 생각을 한 순간 너무 어이없어 혼자 웃긴 했지만.

글을 쓰다 보니 이틀간 들이마셨던 흙먼지 냄새가 그대로 전해진다. 그러면서 책방주인들의 얼굴이 한 사람 한 사람씩 떠오른다. 토요일 밤, 우리 집 마당에서 모닥불을 앞에 두고 막걸리를 마시던 이들의 벌건 얼굴들.

사실 책방을 한다고 서로 만날 일도 없어 낯선 이들 투성인데 마치 서로 친한 듯 이 얘기 저 얘기 한없던 사람들. 책방을 하지 않았으면 만나지 못했을 그 얼굴들.

괜찮은 날들 사이, 바람이 분다.

나는 책방 하는 지금이 제일 좋다.

#10 막걸리를 함께 담그다

엊저녁에는 책방에서 막걸리 담그기 체험 행사를 진행했다. 지난겨울부터 우리 집에서 막걸리를 담그던 이들이 '술진사(술에진심인사람들)'란 이름을 만들어 체험행사를 진행한 것이다.

제각각 직업을 가진 이들이 막걸리를 배워 모임을 만들고 급기야 체험까지. 주방과 방 한 칸을 내주다 보니 조금 불편했지만, 그 어디서도 맛볼 수 없는 막걸리 얻어먹는 맛에 불편을 잊고 있다. 뿐만 아니라 그만 이런저런 훈수까지 두고 있어 속칭 사외이사라 불리고 있다. 책방에서 진행한 만큼 막걸리 담그기만 체험하면 왠지 서운할 것 같아 화덕피

자와 풀드포크를 만들어 간단한 저녁식사를 하기로 했다.

남편은 민어 한 마리를 주문했다. 때마침 가을에 무대에 선다는 중년의 합창팀이 연습을 하겠다고 책방을 예약한 터. 민어맑은탕을 넉넉히 끓여놓고 생각해보니 우리끼리 이 맛있는 걸 먹는 건 좀 아닌 것 같아 슬쩍 물었다. 배부르게 먹을 양은 아니지만 혹시 드시겠느냐고. 결론은 오케이. 그런데 또 생각하니 슬쩍 맛만 보면 왠지 서운하겠다 싶어 밥을 좀 했다.

행사가 끝난 후 피자등을 먼저 먹은 후 민어회 몇 점과 탕을 조금씩 내놓았다. 풀드포크와 피자에는 밭에서 따자마자 바로 만든 할라피뇨 피클을, 민어회와 밥에는 묵은 김치와 부추김치, 그리고 손톱이 새까매지도록 껍질 벗겨 만든 고구마줄기볶음을 곁들였다. 여기에 우리 동네 원삼막걸리를 박스째 풀어놓았다.

좀 맛있다고들 했다. 특히 막걸리 체험을 한 가족 중에는 외국인도 있었는데 엄지 척을 했다. 민어회는 그야말로 깜짝 쇼처럼 등장했으니 더더욱 그럴 만했다.

함께 먹은 사람 수를 세 보니 31명. 누구는 배가 부르다 했고, 누구는 민어회를 아껴먹는다고 했다. 민어회로 배를 부르게 할 수는 없었으나, 그래도 한여름 여러 명이 민어 몇 점으로 복달임을 한 셈. 그렇지만 넉넉히 먹지 못한 것은 끝내 아쉬움으로 남는다.

읽고 쓰기에도 이젠 시간이 없다, 그래서 나 먹는 밥 말고는 밥을 하지 말아야지 생각했다. 그런데 어쩌다 보면 밥을 하고 여러 사람과 먹고 있다. 밥을 나눌 수 있는 사람들이 있으니 좋다 좋다 하면서.

혼자 먹는 밥보다 여럿이 먹는 밥이 맛있는 건 모두 다 안다. 그러나 혼자 밥을 먹을 수밖에 없는 때가 있다. 혼자 먹기 위해 민어회를 공수해 탕을 끓이지는 않을 터. 물론 나가서 사 먹으면 그만이긴 하다. 그러나 민어회로 유명한 인천 신포시장까지 가서 먹는다 한들 혼자 먹는 것이 여럿이 먹는 것만큼 맛있을까?

아, 그래도 몸이 고되다. 내 아무리 운동으로 다져진 몸이라고 할지라도 밥을 차리는 일은 노동이다. 그러므로 읽고 쓰는 데 조금 더 집중하자, 점점 더 읽고 쓰는 것도 기력이 딸릴 것이므로, 라고 생각한다.

#11 모닥불 앞에서 시를 읽고

어젯밤 모닥불을 피워놓고 시를 읽었다. 각자 좋아하는 시 한 편씩을 갖고 와서 읽는 시간. 서울에서, 오산에서, 그리고 용인 수지와 우리 동네 원삼에서 온 몇 사람이 모닥불을 중심으로 둘러앉았다.

이바라키 노리코 시를 읽은 사람도, 사무엘 울만 시를 읽은 사람도, 나태주, 정현종, 류시화 시를 읽은 사람도 있었다. 20여 년 전 휴가를 나왔다 복귀하는 날 라디오에서 우연히 사무엘 울만의 '청춘'이라는 시를 듣고 버스에서 내려 눈에 띄는 서점에 들어가 시집을 샀다는 40대 중년의 남자는 말했다.

"평소 이 시집을 꺼내 읽지 않았는데 지금 여기에서 이 시를 읽다 보니 이 시가 내 삶에 미친 영향이 어떠했는지 깨달았습니다."

어느 한 구절이 인용되는 건 본 적 있으나 시 전체를 들은 적은 처음이어서 귀담아듣고 말했다.

"우리 모두는 지금이 청춘이지요."

그러자 서울에서 온 60 넘은 분이 말했다. 나잇값을 못하는 것 같지만 이런 데 오는 게 좋다, 남편에게도 말하지 않고 왔다고. 모닥불 앞에서 좋아하는 시를 읽고 싶어서 서울에서 달려온 그는 소녀였다. 그가 바로 청춘이었다.

언젠가 책방에 오면 나는 소년이 된다는 한 중년 남성의 이야기를 하면서 나는 덧붙였다. 책방에 오는 이들은 모두 소년 소녀라고.

시는 어렵다고 생각했는데 류시화의 '고구마'란 시를 읽고 시가 재미있다는 것을 알았다고 말한 사람도 있었다. 엄마와 함께 온 초등학생은 학교에서 만든 동시집에서 하나를 골라 읽기도 했다.

사방은 어둡고 모닥불은 한없이 타오르고. 저마다의 상념에 젖어 이런저런 말들을 꺼냈다. 아이는 작은 나뭇가지를 불속에 집어넣는 등 불장난을 했다. 불장난하면 오줌 싼다는 말을 하면서 불똥이 튀지 않도록 주의를 줬다. 모두 웃었다.

그런데 어느새 나도 작은 나뭇가지를 긁어와 그 옆에 쪼그리고 앉아 화로에 넣고 있었다. 서울에서 온 이가 먼저 일어서고, 한참 후 수지에서 온 이들이 떠났다. 오산에서 온 이와 동네에서 온 모자는 조금 더 불앞에 머물렀다.

사무엘 울만의 시 '청춘'이 오래 마음에 남았다.

영감이 끊기고, 정신이 아이러니의 눈에 덮이고,
비탄의 얼음에 갇혀질 때,
20세라도 인간은 늙는다.
머리를 높이 치켜들고 희망의 물결을 붙잡는 한,
80세라도 인간은 청춘으로 남는다.

—사무엘 울만 시 '청춘' 중에서

#12 호사로운 음악회

바순 독주를 처음 들었다. 일요일 저녁. 작은 바수니스트 하도연이 크고 무거운 바순을 들고 연주할 때 다들 숨죽였다. 소리가 깊어지는 만큼 저마다의 깊이로 가라앉았다. 피아니스트 박창희가 구석에서 연주했다. 연주 모습이 보이지 않아 더욱 소리에 귀를 기울였다.

플루티스트 송민조가 연주하자 새처럼 마음이 떠올랐다. 그리고 테너 진세헌이 노래하자 큰 박수가 터졌다. 1시간의 연주가 끝난 후 관객들에게 소감을 물었다.

처음 마이크를 잡은 사람은 말을 하지 못하고 옆 사람에게 마이크를 돌렸다. 그의 눈에는 눈물이 그렁그렁했다. 순간 내 눈도 흐려졌다. 우리 동네로 이사한 지 얼마 안 된 이웃이라고 했다.

사람들은 말했다. 이런 경험을 할 수 있어서 너무 좋았다고.

너덧 살짜리 아이부터 70대까지, 온전히 음악에 빠져든 순간. 사람은 무엇으로 사는가. 이런 순간을 맛본 이들과 그렇지 않은 이들의 차이. 사는 건 똑같겠지만 영혼의 무게는 조금 달라지지 않을까. 아이들은 일찍 경험해서 좋고, 나이 든 사람은 죽기 전에 경험해서 좋고.

클래식 콘서트를 할 때마다 새로운 사람들이 온다. 우리 동네뿐만 아니라 먼 곳에서도 온다.

어제는 서울, 원주에서도 왔다. 이런 무대가 곳곳에서 열려 우리들 일상의 문화가 된다면 우리들 삶은 조금 더 여유로워질 텐데, 생각한다.

오는 이들도 고맙지만 언제나 좋은 연주로 우리를 감동시키는 수클래식 연주자들은 뭐라고 말할 수 없이 깊이깊이 감사하다.

어제 사람들이 물었다.

"다음 공연은 언제 해요?"

다음 공연은 피아니스트 송윤원의 독주회.

나는 벌써 떨리는 마음으로 연주회를 기다린다.

그랜드피아노가 있다면 얼마나 좋을까 생각하면서.

#13 꿈속 같은 책방에서의 피아노 독주회

가끔 내가 있는 이곳이 어디인가 생각할 때가 있다. 바람이 불면서 나뭇잎이 마구 쏟아질 때, 소나무 숲에 눈이 잔뜩 쌓였을 때, 그리고 바로 내 앞에서 연주자가 연주할 때.

초겨울 주말 저녁, 피아니스트 송윤원의 독주회가 열렸다. 지난해에 이어 두 번째 연주회. 이번 음악회 주제는 '달빛'. 드뷔시의 '아나카프리의 언덕'과 '라흐마니노프의 악흥의 순간' 같은 꿈같은 곡들이 연주됐다.

그는 말했다. 지난해 책방 연주 후 밖의 풍경을 보고 '달빛'이라는 주제를 떠올렸다고. 음악회가 끝나고 나는 말했다. 오늘 선생님은 한 영혼을 구하셨다고.

먼저 구한 것은 나의 영혼. 흔들리는 내 삶을 그의 음악은 다시 한번 곧추세우게 했다. 그리고 그날 연주회 자리에 앉아 있던 이들 중 누군가의 영혼은 달라졌을 것이므로.

음악회가 끝나고 전공자인 한 사람이 말했다.

"업라이트 피아노라서 놀랐어요. 그래도 최소한 야마하겠지 싶었는데 삼익이어서 더욱 놀랐습니다. 선생님께서 이걸로 연주하셔서요."

아, 아는 사람은 저렇게 다 안다. 그래서 말했다.

"제가 열심히 책 팔아서 언젠가 그랜드피아노를 들여놓겠습니다."

그러자 송윤원 선생이 웃으며 말했다.

"이 피아노도 훌륭합니다."

훌륭한 사람은 바로 피아니스트 송윤원. 이곳 시골책방에서 연주를 한다는 것이 어디 쉬운 일인가. 그야말로 삼익 업라이트로. 더불어 함께 훌륭한 사람들은 그 자리에서 연주를 함께 듣던 사람들. 그들이 아니라면 선생의 연주를 내가 들을 수는 없는 일. 그러니 나는 선생에게나 찾아온 이들에게나 엎드려 절할 수밖에.

#14 책방에서도 송년회를

2022년 12월 23일 금요일, 책방송년회를 했다. 처음이라 낯선, 그래서 누가 오긴 올까 하는 불안함과 누가 올까 하는 기대감을 동시에 갖고. 신청한 사람 중 오지 못한 이도 있었지만 당일 온 사람들은 19명. 딱 좋았다.

전날 주문한 10킬로짜리 대방어가 도착했고, 남편은 전날 와인에 잰 통삼겹을 숯불오븐에 구웠다. 행사는 6시. 딱히 할 일이 없었던 나는 종일 책을 읽다 김치를 썰고 방어조림을 좀 하고, 고구마를 구웠다. 아들은 칼을 갈아 회를 썰었다.

5시 50분, 첫 손님이 왔다. 저녁 독서모임을 함께하는 이였다. 평소와 달리 화장도 하고, 귀걸이도 하고 왔다. 예뻤다.

"기분 좀 냈지요, 송년회니까."

그의 나이는 60. 그의 얼굴이 소녀처럼 발그레졌다.

차례로 사람들이 들어왔고, 식사를 시작했다. 누군가는 저녁을 먹기 위해 점심을 조금만 먹었다고 했다. 음식은 넉넉했다. 메인인 바비큐와 방어회는 배부르게 먹고도 남을 만큼 준비했고 와인과 막걸리도 넉넉했다. 거기에 귤과 케이크를 들고 와 음식은 넘쳤다.

호텔 케이터링만큼 고급스럽게 차리지는 못했으나 바비큐는 알 만한 사람은 다 아는 맛이고, 이 겨울에 먹는 대방어 역시 반들반들 기름진 것이 눈부실 정도였다. 거기에 시원한 김장김치를 곁들였으니 그야말로 최고의 맛.

식사를 마치고 각자 마이크를 잡고 송년회 참가하게 된 이야기들을 나누었다. 독서모임과 글쓰기수업을 듣거나 들었던 이들, 책방에 다녀간 손님들은 저마다 한마디씩 했다. 책방이 아니었으면 만나지 못했을 인연들. 그들의 이야기를 들으며 내 마음은 젖어들었다.

사실은 전날부터 소화제를 먹고 있었고, 기운이 없었다.

그러다 낮에는 이렇게 서서히 늙어가는구나, 조금 감상에 빠져 우울했던 터였다. 사람들의 이야기를 들으며 서서히 기운을 찾아가다 드디어 선물교환 시간이 됐다. 각자 1만 5천원 상당의 선물을 준비, 책상 한쪽에는 선물이 가득 쌓여 있었다.

추첨은 가장 젊은 이십대 청년이 했다. 한 장을 뽑아 번호를 불렀으나 아무도 손을 들지 않았다. 뭐가 잘못 됐나? 순간 당황했다. 각자 손에 든 번호표를 확인했다.

그러다 추첨을 했던 청년이 말했다. 혹시 난가? 그는 자리로 가서 주섬주섬 점퍼 호주머니에서 번호표를 꺼냈다. 그가 첫 번째 선물의 주인공이었다. 다같이 크게 웃었다.

책과 양말, 잠옷, 과자, 수저세트, 와인 등 다양한 선물이 펼쳐졌다. 그중에는 직접 만든 생각을담는집 책방에서만 교환가능한 책방상품권도 있었다.

누군가는 선물에 이런 메모를 곁들였다.

마음을 전하는 일은 약간은 떨리고 기대되고 또 설레는 일인 것 같습니다. 다소 빈약할 수 있는 가격에서 그럴듯함을 찾는 건 쉬운 일 아니었으나 고민하고 선택할 때의 마음은 진심이었습니다. 알 수 없는 이에게 마음 전하는 일은 작은 즐거움이네요. 감사합니다. 새해 복 많이 받으시고 건강하세요.

20대 후반부터 60대 중반까지, 저마다의 인연으로 책방에 찾아오고 송년회까지 참석한 이들. 저마다 주인공이 되어 그 자리를 빛내고 스스로 빛난 이들. 때때로 그런 자리가 필요하지 않은가. 나도 빛나고, 너도 빛나고.

모두 돌아가고 뒷정리를 하고 나자 밤이 깊었다. 밖으로 나와 잠깐 하늘을 올려다보았다. 겨울의 밤하늘에는 별이 참 많았다. 올겨울 들어 가장 춥다는 날. 얼른 집으로 올라갔다.

남편과 아들, 서울에서 온 후배는 와인을 한 잔씩 더 마셨다. 뜨거운 장작난로 앞에서 취해가는 후배를 보니 어느새 그도 늙어가고 있었다. 와인 한 잔도 마시지 못하는 몸으로 그를 바라보니 참 쓸쓸해졌다. 그래도 참 따듯했다. 남편은 큰 장작을 난로에 밀어 넣었다.

#15 어쩌다 책방, 어쩌다 문화공간

용인시 한 주민자치센터에 가서 마을에서 문화공간을 운영한다는 것에 대해 강의했다.

문화공간을 의도한 것은 아니었으나 책방이 문화공간이 되었고 어쩌다 문화기획 강의라니, 여간 쑥스러운 일이 아니었다. 문화기획자 양성이 목표라면 나 같은 사람의 강의는 영양가가 없는 셈. 그러나 어차피 하기로 했으니 그동안 책방에서 일어난 일들을 이야기해야겠다 싶었다.

강의 자료를 준비하기 위해 그동안 책방에서 운영했던 행사들을 정리해 봤다. 작가와의 만남, 클래식 콘서트, 독서모임, 글쓰기 수업 등을 비롯해 요리교실, 해설이 있는 그림

전시, 야드세일, 걷기 행사, 워크숍 등 정말 다양했다. 거기에 책방축제, 그리고 출판까지 하면 더 많은 일이 책방이란 공간을 통해 일어난 셈이다.

그동안 어떤 행사를 치렀다 정도만 이야기하는 데도 40분이 지났다. 그래서 얼른 마무리를 했다. 하고 싶은 대로, 지속적인 관심을 가지면서 좋아하는 일을 하면 된다고.

강의를 듣는 사람들은 그리 많지 않았지만 연령층은 30대부터 70대까지 다양했다. 그들에게 물었다. 강의를 듣는 이유와 어떤 것을 꿈꾸는지. 올해 70이 되었다는 할아버지가 말했다. 아직도 이것저것 하고 싶은 게 많아서 이것저것 배운다고. 언젠가는 꿈을 이루고 싶다고.

감동적이었다. 그 자리에서는 흔히 말하듯 나이 들면 일을 저지르기 쉽지 않으니 무엇이든 어서 시작하시라고 했지만 이미 그 자리에 있는 것만으로도 그는 시작한 사람이었다. 70이 되었을 때 나는 그럴 수 있을까 생각했다.

60대 후반쯤으로 보이는 할머니도 말했다. 당신이 알고 있는 자연건강요법을 사람들과 나누고 싶다고. 또 한 사람은 산을 하나 샀는데 그곳에서 남편과 트리하우스를 짓고 운영하고 싶다고 말했다.

몇 사람의 이야기밖에 듣지 못했는데 내게 주어진 1시간이 다 됐다. 내가 말을 조금 덜할 걸 하는 생각이 뒤늦게 들었다. 그러다 문득 생각했다. 언젠가 그런 사람들의 자리를 만들면 좋지 않을까. 무엇인가 구체적인 것을 모색하는 자리 같은 것.

따지고 보면 책방은 그 자체로 문화공간이다. 그 안에서 정말 다양한 일들을 할 수 있다. 그러면서 누군가에게는 특별한 장소가 되는 것이다. 스스로를 환대할 수 있는 장소.

문화기획자도 아니고, 마을을 위해서 책방을 차린 것은 아니지만 어쩌다 마을에서 문화공간 운영하기란 강의도 하고 왔다. 삶이 흘러가는 모습은 알 수 없다.

#16 먹고사는 일의 슬픔

며칠 전 도서 도매처로부터 마크 작업비용이 권당 830원으로 인상됐다는 메일을 받았다. 모든 비용이 오르는 때이니 당연한 일이지 싶으면서도 납품을 하는 서점 입장에서는 더욱 힘들겠다 싶었다.

마크 작업이란 도서관에 입고되는 책의 바코드, 분류 등의 스티커를 붙이고 입력하는 등의 일인데 사실 나도 잘 모른다. 구체적으로 어떤 일을 어떻게 하는지는 마크업체에서 하는 일이기 때문이다. 그럼에도 내가 마크작업비를 이야기하는 것은 도서관 납품을 하면서 마크업체와 일을 하기 때문이다.

경기도에서는 인증서점제도를 운영하고 있다. 인증은 제법 까다롭다. 책을 제대로 판매하는 곳인지 와서 확인한다. 이유는 유령 서점이 있기 때문이다. 납품을 위해서 서점 사업자를 내놓는다는 것이다.

서점은 납품을 통해 수익을 내는 경우가 많다. 납품이 워낙 큰 사업이기 때문이다. 우리와 같은 작은 책방들도 인증서점이 되면 납품을 할 수 있다. 내가 사는 용인시에서는 인증서점을 대상으로 관내 도서관 납품을 하게 한다. 일 년에 두세 번의 납품이지만 그것이 큰 힘이 된다. 처음 납품을 하라는 연락을 받았을 때, 얼마나 신기하고 고마웠는지.

그보다 더 많은 곳이 학교 납품이다. 그러나 학교 납품은 나로서는 엄두가 나지 않는다. 유령서점을 차려놓고 납품할 정도로 그 사업 규모가 크니, 달려들어 할 수 없다. 그럼에도 그동안 몇 차례 학교에 납품을 한 적이 있다. 인증서점이고, 동네책방과의 상생을 생각하는 학교 측의 특별한 배려 때문이었다.

지역의 한 학교 사서는 우리 책방을 다니다 학교 납품을 하게 했다. 100만원 내외의 도서 납품이었지만 굉장히 감사했다. 그런데 그것도 결제권자가 바뀌자 왜 생각을담는집하고만 하느냐고 했단다. 두 번인가 한 것이 전부인데.

한 학교에서는 전화를 걸어와 납품 금액의 5%를 다시 책으로 달라고 했다. 무슨 말인지 못 알아듣자 문화상품권을 받기도 하는데 책으로 받기로 했다고 했다. 관례라고 했다. 그래도 책방 입장에서는 평균 15%의 이익이 남았다.

지난해에도 한 학교에 납품을 했다. 책방 손님으로 오셨던 이가 교장이었고, 그는 우리가 도서관 납품도 한다는 것을 알고 학교 도서관 사서에게 일렀던 모양이다.

사서는 일단 마크작업 업체와 함께 들어오라고 했다. 본인이 일을 좀 꼼꼼하게 하는 편이니 마크 작업한 책을 직접 보고 일을 진행하라는 것이었다. 마크업체 대표에게 연락해 함께 들어갔다.

납품 도서 금액은 100만원. 사서는 우리 두 사람을 앉혀 놓고 오래 말했다. 그중 가장 기억에 남는 말은 다음과 같은 말의 반복이었다.

"저희와 일을 잘하시면 다른 학교도 납품할 수 있어요. 제가 나름 이쪽에서 오래 일을 해서 인맥이 좀 많거든요."

그러니 일을 잘하라는 소리였다. 일을 잘하고 못하고가 어디 있나. 주문한 100만원어치의 책을 기한 내에 갖다 주면 되는 것을. 그런데 여기에 마크 작업비도 포함되어 있었는데, 책정된 마크 작업비가 10원이라고 했다. 나는 내 귀를 의심했다. 2021년 마크 작업비는 권당 770원이었다. 그런데 10원이라니. 부족한 마크 작업비는 도서 이익 중에서 가져가라는 것이다.

도서관 납품은 10% 할인으로 들어가므로, 평균 20%의 이익이 남는다. 거기에서 권당 760원을 빼면 대체 내게 얼마나 이익인가. 생각조차 할 수 없었다. 함께 있던 마크업체 대표도 사서의 태도와 10원이라는 말에 혀를 내둘렀다.

도서관 납품은 이 마크 작업비를 다 주지 않는 경우가 있다. 20% 도서 이익 중에서 마크 비용을 제하라는 것이다. 그래서 도서 비용을 받아 마크 업체에 나머지 비용을 준다. 마크 작업과 도서 납품은 엄연히 다른 것인데 왜 서점이 같이 계약하는지 잘 모르겠지만, 그것이 관례라고 한다. 그래도 10원이라니.

그런데 마크업체에서 그만 일을 잘못했다. 그렇게 사서가 신신당부한 스티커 위치도 잘못 붙였고, 심지어 입고 날짜를 스템프로 책에 찍었는데 연도 수가 틀렸다! 계약주업체인 나로서는 뭐라 변명의 여지가 없었다.

사서의 태도에 기가 질린 나는 100만원어치 책을 다시 구입해서 납품하리라 생각했다. 그러나 사서는 그렇게까지 할 필요는 없다고, 수정해서 보내달라고 했다. 이미 계약 때부터 심사가 뒤틀린 마크업체 대표는 지우고 다시 찍으면 될 뿐이라고 말했다. 잘못한 것도 없는 나는 사서 앞에서 연신 머리를 숙이고, 정작 잘못한 사람은 사람이 일을 하다 보면 실수도 할 수 있는 일이라고 하고. 어디에 하소연할 수 없는 나는 혼자 울었다.

두 사람 다, 업계 초보인 나에게 여러 번 말했다.

"제가 이 업계에서 몇십 년을 일한 사람입니다."

아아아아아아!!!!

아무튼 그 학교를 너덧 번 들어간 후에야 일은 마무리됐다. 업계에 발이 넓은 사서 덕분인지 다시는 다른 학교에서 연락이 오지 않았고. 더는 작업할 일이 없었으므로 마크업체 대표와도 연락하지 않았다.

잘못된 제도를 수구하는 것은 결국 스스로 힘이 있다고 생각하는 쪽이다. 그래서 그쪽에 있는 사람들은 그동안 개인 스스로 힘을 가졌다고 생각하는 경우가 있다. 마치 언제나 그 자리에 있을 것처럼. 아니, 그 자리를 더 오래 지키기 위해.

오늘도 얼마나 많은 사람들이 저마다의 위치에서 소위 갑질을 하거나, 갑질을 감내하고 있을까.

#17 작은책방 사용법

텅 빈 책방에 한 사람이 들어왔다. 그는 대뜸 책방 사용에 대해 문의했다. 그 질문은 우리 같은 작은 서점을 최소한 한 곳 이상 다녀온 사람이나 가능한 것.

"큰 책장에 꽂힌 책은 그냥 보셔도 되고, 그 외 진열된 책들은 새 책이므로 구입해서 보심 됩니다. 책이 낡아지면 판매를 할 수 없어서요."

우리는 카페를 겸하고 있어 음료도 판매한다고 덧붙였다. 그랬더니 그는 혹시나 몰라 먹을 걸 싸갖고 왔다고 했다. 아마도 시골책방이라 하니 먹을 것이 마땅찮겠다 싶었던 모양이다.

그는 차 한 잔을 시키고 책들을 구경하기 시작했다. 그리고는 가끔 책 사진을 한 장씩 찍었다. 처음 한두 번은 그럴 수 있지 싶어 가만 있다 찰칵찰칵 소리가 계속 나서 망설이다 결국 다가가 말했다.

"저, 죄송하지만 책방 분위기 사진은 찍으셔도 되지만 책 한 권씩 찍는 것은 안 하셨으면 좋겠어요."

그는 대뜸 말했다.

"제가 이쪽 일을 하는 사람도 아니고, 왜죠?"

이쪽 일, 그러니까 작은 책방을 하는 사람이거나 할 사람이 아니어서 괜찮다는 말이 오히려 더 당황스러웠다.

"책은 어디나 있는 책이긴 한데요. 저희 같은 작은 책방의 책들은 책방주인들이 한 권씩 찾아서 주문한 책들이거든요. 선생님은 그럴 리 없겠지만 가끔 책 사진만 찍어서 인터넷 주문하는 분들이 계세요. 책방은 책을 팔아야 먹고 살잖아요."

아, 이런 말까지 하다니, 내가 구차스러웠다. 유일한 손님에게. 나는 마침 전화가 걸려와 밖으로 나가 통화를 한참 하다 들어왔더니 손님이 가고 없었다. 아마 그도 그리 기분은 좋지 않았을 터이다.

이것도 '장사'이다 보니 누구에게나 웃으며 친절을 베풀어야 하겠지만, 아주 가끔 나를 슬프게 하는 사람들이 있다.

먼저 오늘처럼 책 사진을 열심히 찍고 책은 한 권도 사지 않는 사람들. 한번은 부부가 함께 와서 부인은 사진을 찍고 남편은 액셀로 목록을 작성했다. 나는 속으로 책방을 하려나 보다 생각했다. 그래도 그렇지. 어떤 책을 갖다 놓을지는 본인이 결정해야지 굳이 이런 시골책방까지 와서 책 목록을 작성하다니.

두 번째, 큰 서가에 꽂힌 책은 갖고 있던 책들이어서 그냥 봐도 되는 책들인데 이 책들을 여러 권 빼서 쌓아놓고 읽는 사람들. 아니, 여기가 무슨 도서관인가? 그리고 무슨 참고도서 보는 것도 아니고 무슨 책을 쌓아놓고 본담. 한번은 아이 둘을 데리고 온 엄마가 음료를 딱 한 잔만 시키고 그림책을 열 권 남짓 쌓아놓고 읽어 주기도 했다.

세 번째, 새 책은 구입해서 읽어주세요, 라고 써붙였지만 새 책을 갖다 함부로 보는 사람들. 조금 지켜보다 죄송하지만 구입해서 읽어달라고 어렵게 말하면 이미 책장이 구겨진 책을 제자리에 갖다놓는 사람들.

그런데 막상 이렇게 글로 써놓고 보니 그다지 큰일도 아니다 싶다. 사실, 책 한 권 사는 것이나 안 사는 것이나 뭐 그리 대수인가. 책 사진 좀 찍으면 어떤가. 책을 좀 읽는 사람이니 인터넷에서 사든 다른 서점에서 사든 책을 사서 보면 되지.

책을 쌓아놓고 보는 것도 얼마나 아름다운가. 도서관처럼 좀 이용하면 어때? 어차피 다른 손님들이 많은 것도 아니고, 책도 이미 낡은 책들인데. 그리고 무엇보다 이 시골책방까지 차를 타고 일부러 찾아온 손님들이 아닌가. 찾아온 것만 해도 감사한 일. 아, 갑자기 오늘 찾아온 손님에게 미안하다.

불특정 대상으로 뭔가를 판매하는 이들은 흔히 말한다. 별의별 사람 다 겪는다고. 책방을 하면서 별의별 사람을 겪는 건 아니다. 책방이라고 찾아오는 사람들은 아무래도 조금 다르기 때문이다. 그 좋은 대형서점과 인터넷서점을 두고 특히 시골책방까지 찾아오는 사람들은 지나가다 밥 한 끼 해결하는 사람과는 다를 수밖에 없다. 지금까지도 그랬고, 앞으로도 그럴 것이다.

그래도 조금 욕심을 내면 시골책방까지 왔으니 책도 한 권 사는 손님이 왔으면 좋겠다. 꼭 우리 책방이 아니어도 전국의 서점, 특히 작은 책방을 가는 사람들이라면 그곳에서

맘에 드는 책 한 권을 골라 계산하는 사람들이 많았으면 좋겠다. 작은 책방을 찾아가는 일이 관광지를 찾아가는 일도 아닌데 인증샷만 찍고 간다거나, 보고 싶은 책 사진만 찍고 간다면 그의 마음에 남을 것이 별로 없을 테니까.

그리고 책방에서는 새 책을 '읽는' 것은 하지 말았으면 좋겠다. 우리도 그렇지만 작은 서점들은 새 책을 맘껏 읽게 할 수 있는 형편이 아니다. 새 책이 낡아지면 판매할 수 없으므로 그 비용은 책방 몫이 된다. 그래서 여기저기 안내문구를 써놓기도 하고, 누군가 새 책을 보고 있으면 가까이 가서 사정을 말하곤 한다. 지금은 곧잘 하지만 처음에는 그 말도 하지 못해 쩔쩔매곤 했었다. 아마 지금도 작은 책방 주인들은 누군가 새 책을 보다 엎어놓으면 가슴이 철렁할 것이다.

무엇보다 책방은 '책을 팔아야 먹고 사는' 곳이다. 책방마다 서로 형편이 다르겠지만, 책방 해서 먹고 살 수 있는 곳은 그리 많지 않다.

클릭 한 번으로 모든 걸 구매할 수 있는 이 시대에 작은 책방이 있는 이유는 사람과 사람이 만나고 책의 숨결을 느낄 수 있는 공간이기 때문이다. 책은 상품이지만, 그 이상의 가치로 사람과 사람을 잇는 것이다.

나는 책방을 차리고 한 번도 후회한 적 없다. 책방을 차리길 백만 번 잘했다고 생각한다. 대부분의 책방 주인들이 아마 나와 같을 것이다. 이유는 큰돈을 벌어서가 아니라, 책방하는 즐거움이 크기 때문이다. 그 즐거움은 바로 '책'과 '사람'에서 나오는데, 그건 해보지 않고는 알 수 없는 아주 은밀한 것이다. 이 즐거움을 책방을 찾는 아름다운 사람들과 오래 누릴 수 있으면 좋지 않겠는가.

#18 까짓거 10년은 책방을 하자

'오래오래 사세요. 저는 많이 가야 10번도 못 갈 거예요. 70 가까운 나이가 됐으니. 1년에 한 번 서울 나들이할 때 들를게요.'

문자를 들여다보다 눈이 흐릿해졌다.

그는 태백에서 전화를 했었다. 책방에 오고 싶다고. 교통편을 묻는 그에게 나는 쉽게 말하지 못했다. 용인시외버스터미널까지 와서 다시 버스를 타고 오기에는 너무나 멀었다. 그러자 그가 말했다. 서울에서 갈 거니까 걱정하지 마세요. 나는 서울 남부터미널에서 시외버스를 타고 오는 차편을 말했다.

그리고 며칠 전 그가 왔다. 책방 한쪽에 앉아 오래 뭔가를 쓰고, 밖으로 나가 마당과 마을 한 바퀴를 돌고 왔다. 한참 후 그만 가야겠다며 그가 나에게 엽서 한 장과 도넛 한 개가 든 봉투를 내밀었다. 오래 앉아서 쓴 엽서라고 했고, 도넛은 내가 먹을지 몰라 터미널에서 한 개만 샀다며 겸연쩍게 말했다.

나는 서울 가는 시외버스 정류장에 그를 내려줬다. 가을 햇빛이 쏟아지는 정류장에서 그가 손을 흔들었다. 지난봄, 서울에서 오셨던 시인 J 선생을 모셔다드릴 때가 생각났다. 선생도 먼지 풀풀 날리는 버스 정류장에서 손을 흔드셨다. 어서 들어가라고, 잘 지내라고.

용인은 사실 시골도 아니다. 그런데도 내가 사는 이곳은 시골이다. 다행히 서울 남부터미널에서 시외버스를 타면 1 시간도 채 걸리지 않아 서울로 오가는 길은 가깝지만(서울로 출퇴근도 가능하다), 이곳에서 죽전이나 수지 등 같은 용인을 나가려면 언제 올지 모르는 버스를 기다려야 하고, 다시 나가서 갈아타야 한다. 그러니 같은 용인이라도 서울보다 더 오기가 힘들다.

그런데 대중교통을 이용해 가끔 이곳을 찾는 이들이 있

다. 한번은 용인, 그것도 같은 처인구에 사는 학생이 버스를 타고 와서 거의 울먹이며 말했다.

"너무 멀어요. 버스 타고, 기다리고, 걷고. 다시 오고 싶은데 올 수가 없을 것 같아요."

가끔 서울 동작동에서 여행 삼아 오는 분이 있다. 그는 점심 무렵 책방에 왔다 저녁에 돌아가곤 한다. 아침나절 일찍 집을 나서는 것이다. 나는 그가 처음에는 운전을 하지 않는 줄 알았다. 그런데 어느 날 책방에서 하는 클래식 음악회에 차를 갖고 왔다. 행사는 저녁에 하는데 끝나고 나면 버스 시간 맞추기가 쉽지 않아 운전해왔다고 했다.

그러고 보니 며칠 전 다녀간 책방 단골도 있다. 그는 오자마자 시원한 물을 찾았다. 한참 기다렸다 온동네를 다 도는 시골버스를 타고 저 아래에서 내려 걸어왔다며 연신 땀을 훔쳤다.

"이젠 차가 없어. 회사를 그만뒀거든. 그래도 어떻게든 올 거야. 오래오래 해야 돼. 여긴 내게 산소 같은 곳이거든."

그는 로고가 박힌 회사 트럭을 타고 다녔었다. 한 달에 한두 번, 책을 문자로 주문하고 서너 권씩 구입하곤 했다. 마침 그날 저녁, 나는 용인 시내에 나갈 일이 있어 그를 바래다줬다. 머리 하얀 이가 아이처럼 좋아했다.

작은 책방이 대단한 장소는 물론 아니다. 그런데 누군가에게는 특별한 장소가 된다. 내가 어느 한 시절들을 보낸 음악다방과 카페와 서점 같은 곳들이 내게 살아갈 힘을 줬던 것처럼. 그러나 세월과 함께 나는 그곳을 잊거나, 잃었다. 나도 변했고, 그곳들 중 대개는 사라졌기 때문이다.

1년에 한 번씩 10번, 그러면 10년이다. 어차피 세월과 함께 모두 사라지겠지만, 까짓거 10년은 책방 하면서 살아야겠다. 그가 이곳을 잊지 않고 왔는데 없어졌다면 얼마나 쓸쓸할 것인가.

#19 일 앞에서는 여전히 설렘을 안고

12월 송년회를 마지막으로 한동안 책방 행사가 없었다. 물론 매주 독서모임과 글쓰기 수업이 있지만, 행사가 없는 책방의 일상은 꽤나 한적했다. 덕분에 편안한 몸으로 햇살을 등지고 앉아 책을 읽다 깜빡깜빡 졸면서 지냈다.

그러면서 생각했다. 올해는 이런저런 일을 벌이지 말아야지. 사실 몸이 예전 같지 않다. 하룻밤 자고 나면 거뜬했던 것이 이젠 회복이 늦다. 무엇보다 한바탕 일을 하고 난 후 마셨던 막걸리나 맥주 같은 술을 통 마시지 못한다. 술을 좀 좋아했던 나로서는 술을 먹지 못한다는 사실이 꽤 우울하다. 기껏해야 맥주 한 캔, 와인 한 잔 정도지만 정원 일이나 행사를 마친 후 술 한잔 하면서 피로를 풀곤 했다. 나름 운동도 열심히 하면서 공기 좋은 데서 사는데 나이는 어쩔 수 없나 생각하니 정말이지 쓸쓸해졌다.

그런데 책방 대상 공모사업 공지가 뜨자 나도 모르게 컴퓨터를 켜고 자판을 두드리고 있었다. 이걸 하면 재밌겠다, 저걸 해도 좋겠는 걸 생각만으로도 벌써 가슴이 뛰었다. 정말 이상한 병이다.

물론 공모사업이니 떨어지는 경우가 더 많다. 떨어지면 그냥 하면 된다. 사실 공모사업은 정산 및 서류 작성 등 지난한 과정이 있다. 마무리 작업을 할 때마다 다시는 공모사업을 하지 않겠다 생각한다. 그래도 하는 이유는 지원금으로 강사비를 충당함으로써 비교적 맘 놓고 행사를 진행할 수 있고, 보다 다양한 기획으로 많은 사람들과 함께할 수 있기 때문이다. 물론 책방에도 홍보등 약간의 도움이 되고.

젊은 시절에는 일하는 것이 '먹고 살기 위해서'라고 생각했다. 일하면 많든 적든 돈이 들어왔으니까. 때려치울 궁리를 하면서 꾸역꾸역 밥벌이하다 어느 순간 일이 재밌어졌다. 아마도 조금은 주체적으로 일하면서부터가 아닐까 싶다. 그래도 마음 한편에서는 그만두고 진짜 내가 하고 싶은 일을 해야지 생각했다.

40대 중반, 매달 통장에 찍히는 월급을 포기했을 때 나는 읽고 쓰는 일만 할 줄 알았다. 그런데 밥벌이할 때의 습관으로 나는 무작정 사무실을 하나 얻어 책을 만들고 있었다. 돈이 되든 안 되든 내가 내고 싶은 책을 내면서. 그런데 책방이란 공간이 생긴 후에는 일이 날개를 달았다. 하고 싶었던 일들이 이렇게 많았나 싶을 정도로 이 일 저 일이 튀어나왔다.

월급쟁이로 일할 때와 달리 사업체라고 꾸리다 보니 일이 곧 돈이 되는 것은 아니다(일이 곧 돈이 된다면 모든 자영업자들이 망할 일이 없을 것이다). 특히 책방의 일이란 아주 묘해서 하는 일에 비해 수익이 나지 않는다. 책방은 단순히 책만 파는 곳이 아니기 때문이다. 세계적인 기업가 이나모리 가즈오 회장은 그의 책 『왜 일하는가』에서 이렇게 말했다. '일하는 것은 우리의 내면을 단단하게 하고, 마음을 갈고닦으며, 삶에서 가장 가치 있는 것을 손에 넣기 위한 행위'라고.

그처럼 거창하지 않지만 나는 아직 일 앞에서 설렌다. 독서모임도 매번 다른 책으로 만나고, 작가 초대도 매번 다른 작가이고, 콘서트도 매번 다른 레퍼토리이니 당연하다. 언젠가는 모노드라마, 마술 같은 것도 꼭 해보고 싶다. 책방이란 작은 공간에서 할 수 있는 일들을 맘껏 해보자 맘먹는다. 한 달 매출이 동네 대형카페 반나절 매출도 안 되지만 내 책방인데 뭔들 못하랴. 할 수 있을 때, 하고 싶을 때 하고 살아야지.

시골책방에서 길을 물으며

마을 끄트머리, 큰 느티나무 숲을 지나면 책방이 있다. 종일 바람 소리, 새 소리밖에 들리지 않는 책방에서 매주 독서모임이 열리고, 글쓰기 수업이 열린다. 청보리밭을 뒤에 두고 시인과 함께 시 속으로 들어가고, 소설가와 함께 소설 속으로 들어간다. 가을 저녁, 모닥불을 피워놓고 각자 좋아하는 시 한 편씩을 읽기도 하고, 늦은 밤까지 뮤지컬과 오페라 영상을 함께 보기도 한다. 오래된 마을의 역사를 톺아보며 마을길 산책도 하고, 쌀을 빚어 막걸리를 담그기도 한다. 선물교환을 하며 송년회를 하고, 마당에서 벼룩시장을 열기도 한다. 소나무 그늘에서 클래식 콘서트가 열리는 동안 마당의 들깨꽃이 익어간다.

시골책방의 풍경은 때때로 허구 같다.

그 속에서 함께 책을 읽으며 뚜벅뚜벅 앞으로 나아가는 사람도 있고, 클래식 연주를 듣고 눈물을 흘리는 이가 있는가 하면, 글쓰기를 통해 마음을 치유하는 사람도 있다. 일 년쯤 혹은 그보다 더 오랜 시간이 지난 후 훌쩍 찾아와 책 한 권 들고 가는 이도 있고, 혼자 책방에 앉아 멍하니 창밖을 보다 가는 동네 아이도 있다.

각자 사회에서 불리는 이름들을 내려놓고 시골책방에 앉아 저 깊은 곳에 있는 자신을 불러내는 사람들. 그들은 이름 모를 들꽃처럼 책방에서 피었다 사라진다. 그들이 잠깐 피어나는 순간, 나는 그들과 함께 떨림의 순간들을 지난다. 책이 아니었다면, 책방이 아니었다면 만날 수 없었던 풍경들. 이 책은 그들과 함께 지난 떨림의 순간들이 만들어낸 풍경이다.

이 풍경 속에서 나는 다시 꿈을 꾼다. 내가 보고 싶은 책을 골라놓고, 새 책 냄새를 맡으며 책 읽는 꿈을. 그러다 누군가 오면 책 수다를 떨거나 마당에 피어난 들꽃들을 이야기하는 꿈을. 때때로 시인과 작가 곁에서 그들의 이야기를 듣거나 클래식 연주를 듣는 꿈을. 그 풍경 속에서 떨림의 순간을 지나기를. 그럼으로써 길을 찾기를.

나는 그렇게 신간 읽는 책방 할머니로 늙어가기를 소망한다.

떨림의 순간을 지나는 시골책방에서 임후남

내 꿈은 신간 읽는 책방 할머니

초판 1쇄 2023년 7월 31일
초판 3쇄 2024년 7월 10일

지 은 이 임후남

펴 낸 곳 생각을담는집
디 자 인 niceage 강상희
제 작 처 올인피앤비

전 화 070-8274-8587
팩 스 031-321-8587
전자우편 seangak@naver.com
블 로 그 https://blog.naver.com/seangak

ISBN 978-89-94981-03-1 03810